512번째 우주

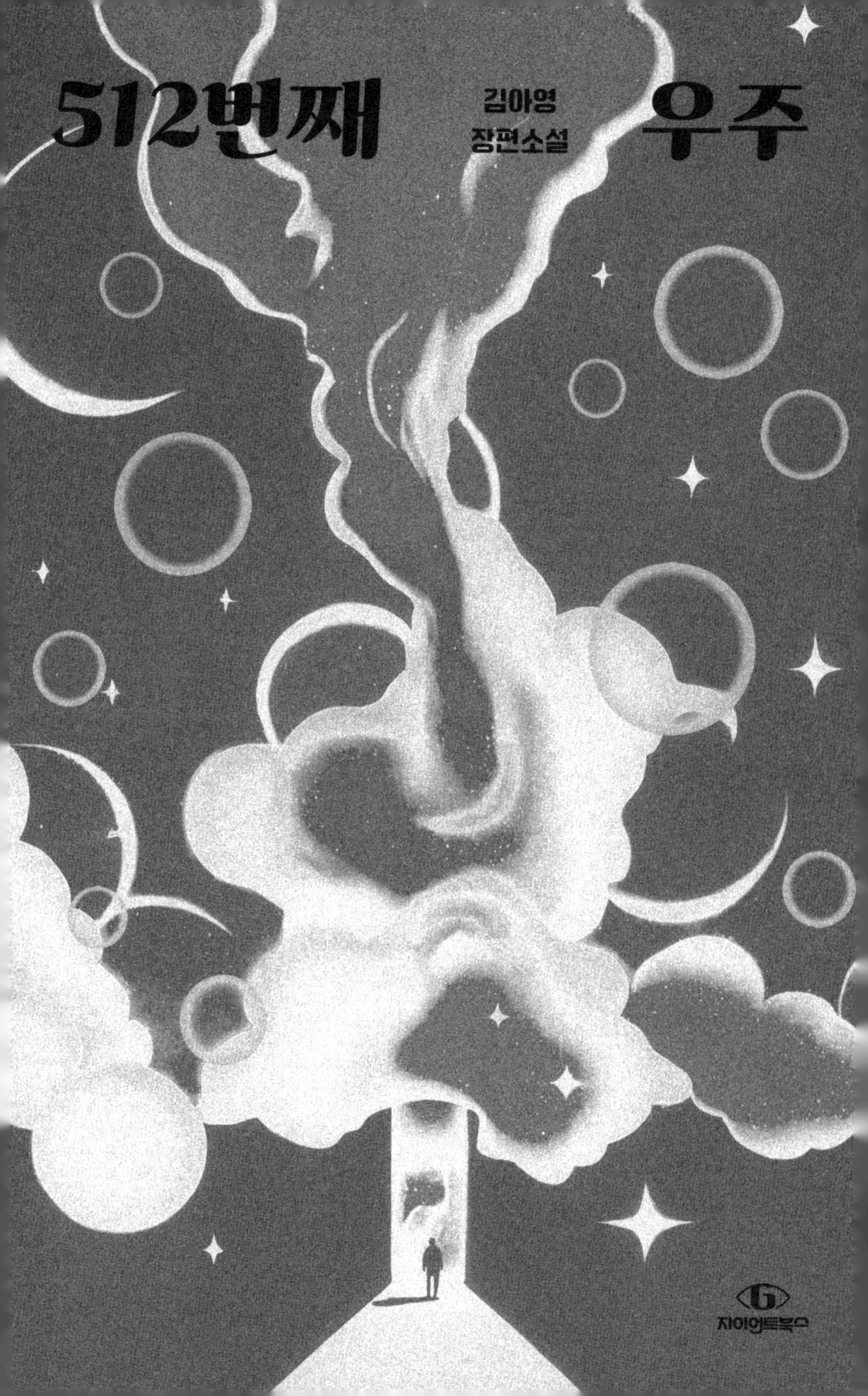
512번째 우주
김아영 장편소설
자이언트북스

차 례

1부

2부

1부

낯선 조문객

곡소리가 들리지 않는 빈소에는 향 타는 냄새마저 희미했다. 장례식장 밖에는 진눈깨비가 흩날리고 있었지만, 사방이 꽉 막힌 빈소를 홀로 지키던 연우는 알지 못했다. 국화꽃으로 둘러싸인 영정사진도 다 거짓말 같았다.

"아빠, 아니지? 뭔가 잘못된 거야, 그렇지?"

사진 속에서 아버지는 말쑥하게 양복을 차려입고 환하게 웃고 있었다. 스무 살에 치른 결혼식에서 찍은 사진이었다. 부모님은 고등학교를 졸업하기도 전에 연우를 낳았다. 행복했던 결혼생활은 잠시, 두 사람은 연우가 다섯 살이 되었을 때 이혼했다. 어머니는 이탈리아로 이주해 여행 가이드로 일하고 있었다.

연우는 이제 아버지마저 곁에 없다는 사실이 믿기지 않았다. 어디서부터 잘못된 건지 알 수 없었다. 삼십층 아파트 재건축 현장에서 일어난 추락사고였다.

아버지는 평소에 어지럼증이 난다며 엘리베이터도 타지 않았다. 십오층에서 외벽 작업을 하다 추락했다는 경찰의 전화를 받았을 때는 보이스피싱인 줄 알았다.

"아빠는 고소공포증이 있어 놀이기구도 못 타는 겁쟁이예요. 절대 높은 곳에 올라갈 사람이 아니에요."

휴대폰 너머에서 경찰은 유감이라는 말을 덧붙였다.

연우는 영정사진을 뚫어져라 바라보았다. 여전히 믿기지 않아 눈물은 나지 않았다.

"아빠가 어떻게 이럴 수 있어? 지금까지 뭘 해줬다고 나 혼자 남겨놓고 죽을 수 있냐고!"

잘 다니던 할인마트를 그만두고 아버지는 한동안 일을 구하지 못했다. 그러다가 일주일 전부터 건설 현장에 하도급 업체 계약직으로 나갔다.

아버지는 연우가 대학에 들어가고 이런 아파트에 살면 좋겠다고 했다. 그 말을 들었을 때 연우는 화를 냈다.

"대학등록금이 얼마나 비싼데. 난 빨리 취업해서 돈 벌고 싶다니까."

남들은 유명 학원이니 과외니 할 때 연우가 할 수 있는 최선은 수업과 인터넷강의를 듣는 게 다였다. 그러나 아무리 노력해도 성적은 제자리걸음이었다. 반 아이들은 연우가 경찰의 전화를 받고 교실에서 뛰쳐나가자 그제야 자신들과 같은 교실에 있었다는 걸 알아차렸다.

담임과 승윤이 장례식장에 나타났을 때 연우는 결코 현실 같지 않은, 아버지가 돌아가셨다는 사실을 억지로 확인받는 기분이었다.

담임은 자기 학생 또래로 보이는 영정사진 앞에서 잠시 당황했다.

"연우야, 아버지는 좋은 곳에 가셨을 거야. 너도 얼른 마음 추슬러야지."

담임과 맞절하고 나서도 연우는 고개를 들지 않았다. 텅 빈 빈소를 호기심 어린 눈으로 둘러보는 담임이나 애써 시선을 외면하고 있는 승윤이나 다 사라져버렸으면 좋겠다.

"선생님, 저 수능 직전 보강하러 학원에 가야 해요."

승윤도 이 자리가 불편한지 계속 담임을 채근했다.

"아, 그래. 알았다니까. 연우 너도 알다시피 수능이 얼마 남지 않아서. 승윤이가 우리 반 회장인데다 너희 둘이 친했잖아. 그래서 내가 같이 오자고 부탁했어."

아버지의 장례식에 담임이 승윤과 함께 올 것이라고는 생각도 못 했다. 한때 교실 뒷문에서 연우의 이름을 부르던 승윤의 모습이 담임 눈에는 친한 관계로 비쳤나보다. 승윤의 얼굴을 보기만 해도 연우는 마음이 복잡하고 괴로웠다.

담임은 딱히 더 할 말이 없는지 음식이 차려진 접객실로 향했다. 그러고는 허겁지겁 육개장 그릇을 비우고 자리에서 일어났다.

두 사람이 떠나자 연우는 가슴 밑바닥에서부터 울분이 솟구치는 것을 느꼈다.

"내가 뭐라고 했어! 절대 아무한테도 말하지 말라고 했잖아. 우리만 모른 척하면 아무 일도 일어나지 않을 거라고 했잖아. 이게 다 아빠 때문이야. 아빠가 선택한 거야!"

연우는 다른 애들처럼 평범하게 살고 싶었다. 평범하지만 나름으로 열심히 사는 사람이 되고 싶었다. 그날 가로등 불빛이 잘 들지 않는 공원에 가기 전까지, 그곳에서 승윤이 커터칼로 누군가를 위협하는 걸 보기 전까지 연우는 그런대로 평범한 삶을 살고 있었다.

누군가 심장이라도 뜯어낸 것처럼 숨을 쉴 수가 없었다. 빈소 바닥에 엎드려 가쁜 숨을 몰아쉬다 깜빡 잠이 든 모양이었다. 적막한 복도를 울리는 구두굽 소리에 놀라 눈을 떴다. 빈소 옆 쪽방에서 자는 외할아버지를 깨울까 하다 그만

두었다. 자정이 훌쩍 넘은 시각이었다.

검은 양복에 검은 넥타이를 맨 남자와 검은 바지 정장을 입은 여자가 빈소로 들어왔다. 남자는 백 킬로그램이 넘어 보일 정도로 덩치가 컸고, 그에 비해 여자는 마른데다 체구가 작았다. 이 새벽에도 조문객이 오는구나. 처음 장례를 치러보는 연우에게는 모든 게 낯설었다.

남자는 제단 아래 향로에 향을 피워 꽂았다. 향 끝에 붉은 기운이 돌기 시작하더니 연기가 부드러운 곡선을 그리며 영정사진 위로 피어올랐다. 여자도 향을 피워 꽂더니 두 손을 모은 채 고개를 숙였다. 남자가 연우를 향해 다가왔다.

"얼마나 상심이 크십니까. 삼가 고인의 명복을 빕니다."

남자의 재킷 가슴 주머니에 달린 금색 이름표가 연우의 눈길을 붙들었다.

엔딩플래너, 박태영.

여자의 재킷에서도 반질반질 윤이 나는 명찰이 불빛을 받아 반짝거렸다.

엔딩플래너, 권마래.

참 믿음직한 상조회사와
계약하시겠습니까?

몇 달 동안 현장 근무를 나가지 않아 부쩍 살이 찐 태영은 연우의 손을 마주잡았다. 비쩍 마른 손이 자신의 손안에 쏙 들어와 놀랐다. 그 사이 살이 쪄도 너무 쪘다. 안 그래도 요즘 발가락까지 살이 쪄 구두가 불편함은 물론이요, 음식을 먹을 때도 입안 볼살을 자주 씹어 살점이 너덜너덜했다.

비단 자신이 살이 쪄서 그런 것만은 아니었다. 열아홉 살 남자애치고 연우는 손마디가 가늘고 손아귀를 쥐는 악력도 약했다. 무언가를 힘껏 쥐어본 적이 없는 사람 같았다.

연우가 잡힌 손이 아픈 듯 이맛살을 찌푸리자 태영은 얼른 손을 놓았다. 그러고는 검은 바탕에 수많은 동그라미가 찍힌 회사 명함을 쥐여주며 연우를 접객실로 인도했다.

"참 믿음직한 상조회사에서 나왔습니다. 엔딩플래너 박태

영입니다. 이제부터 저희가 장례 업무를 맡아 고인을 성심성
의껏 배웅해드리겠습니다."

연우는 자리에 앉아 있는 것조차 버거워 보일 만큼 얼굴색
이 창백했다.

마래가 조심스럽게 입을 열었다.

"상주가 힘들어하시니 서둘러 장례 절차를 진행하는 게
좋겠어요."

태영은 고개만 주억거릴 뿐 대답이 없었다.

마래는 태영이 오늘따라 왠지 달라 보였다. 그동안 태영이
치른 장례식만 해도 수백 건이 넘었다. 장례 절차를 진행할
때 엔딩플래너는 유족들 앞에서 감정을 드러내지 않아야 한
다. 그런데 고인의 죽음을 진심으로 슬퍼하고 상주를 걱정하
는 기색이 역력했다.

태영이 검은 서류 가방에서 참 믿음직한 상조회사 로고가
찍힌 휴대폰을 꺼냈다. 그러고는 테이블 한가운데에 올려놓
고 화면을 건드렸다. 휴대폰에서 부드러운 빛이 흘러나오더
니 허공에 A4 크기의 문서가 나타났다. 3D 홀로그램이었다.

연우의 눈이 저절로 커졌다.

"이거 최신 폰이에요?"

마래가 당황해하며 태영의 옷자락을 잡아끌었다. 태영이

허공에 띄운 건 계약서였다.

"잠깐만요, 태영 님. 저랑 얘기 좀 해요."

태영이 걱정하지 말라는 듯 눈을 찡긋했다. 하지만 마래는 곧바로 자리를 털고 일어났다. 자신들은 박철영이라는 사람의 장례를 치러주러 왔다. 이제 막 아버지를 잃은 사람에게 평행우주 체험을 시켜주러 온 게 아니란 말이다.

엔딩플래너 박태영과 권마래가 살고 있는 세계에서 평행우주 이론은 널리 알려진 과학적 정설이었다. 자신이 사는 이 우주가 단지 수많은 우주 중 하나에 불과하다는 것이 증명되었다. 그리하여 평행선상에 있는 또 다른 자신이 사는 우주로 여행을 할 수 있게 되었다.

한 심리학자가 '죽음의 공포가 인류의 문명을 발달시켰다'라고 말했는데, 평행우주가 있다는 걸 입증해내자마자 참 믿음직한 상조회사가 제일 먼저 기술 개발에 앞장섰다. 그리고 육 년 전 세계 최초로 '평행우주 체험'을 특허 출원하며 '장례지도사'라는 명칭을 '엔딩플래너'로 바꿨다. 그렇게 누구도 피해 갈 수 없는 죽음에 대한 두려움과 자신이 선택하지 않은 삶에 대한 미련을 조합한 결과, 참 믿음직한 상조회사는 명성을 얻으며 급속도로 성장했다. 최근에는 바이오산업 분야로 사업을 확장하고 있다는 소문이 돌았다.

태영은 연우에게 계약서를 찬찬히 읽어보라 하고는 빈소를 나왔다.

복도에 두 사람밖에 없다는 걸 확인하자마자 마래가 말을 쏟아냈다.

"태영 님, 우리는 이 우주에 영향을 주거나 정보를 공유해서는 안 되잖아요?"

태영이 묵묵히 고개를 끄덕였다. 마래가 단호한 목소리로 말을 이었다.

"계약도 되어 있지 않은 분인데 장례를 치르러 가자고 할 때부터 이상했어요. 상주분과 어떤 관계인지는 모르겠지만 지금 과하게 감정 이입하고 있는 거 아세요? 태영 님은 자기 감정을 절제하지 못하면 진정한 엔딩플래너가 될 수 없다고 하신 분이잖아요."

"엔딩플래너는 고인과 유족에게 새로운 가족이 되어주어야 한다고도 했죠."

"그랬죠."

"마래 님, 엔딩플래너로 일한 지 얼마나 됐죠?"

대학을 졸업한 후 바로 이 일을 시작했으니 꼬박 삼 년이다. 그동안 휴가 한번 가지 못하고 정신없이 일했다. 회원들이 날을 정해놓고 죽는 건 아니니까. 언제든 출동대기 상태인데다 다른 상조회사에는 없는 그놈의 평행우주 체험 때문에 소개팅을 나갔다가도 마음에 드는 상대를 남겨놓고 뛰어나온 적이 한두 번이 아니었다.

"제가 첫 사수였죠?"

"네."

그랬다. 참 믿음직한 상조회사에 들어왔을 때 첫 사수가 태영이었다. 그래서 지금 평소와 다른 태영이 더이상했다. 회원들을 가족처럼 대하는 건 좋지만 공과 사는 확실히 구분할 줄 알아야 한다고 강조했던 사람이 태영이었다. 갑자기 현장 근무를 그만두고 지금은 마케팅 부서에 있지만, 때로는 아무 생각이 없어 보이기도 하지만, 정말이지 이렇게까지 감정적인 사람은 아니었다.

"돌아가신 분이 제 형님입니다. 연우는 조카고요."

"태영 님, 직계가족은 본인이 담당하면 안 된다는 거 아시잖아요. 이거 회사 방침에 어긋난다고요."

"그래서 부탁하는 거예요."

"가족 할인, 이런 거 안 돼요! 저 그냥 봐주지 않아요."

태영이 잘 안다는 표정으로 고개를 끄덕였다.

"제가 이런 부탁 하는 거 처음이라는 것도 아시잖아요."

"다른 우주까지 와서 형님 장례를 치러준 것도 모자라 조카분을 평행우주까지 보내준 게 밝혀지면 회사에서 잘리는 건 시간문제라고요. 무엇보다 이 우주에 사는 조카분에게 어떤 일이 일어날지는 아무도 몰라요."

"연우에게 이 일을 경험해보게 하려고요."

"네?"

"연우 엄마는 이탈리아에서 재혼해 새 가정을 이뤘고 이제 연우 곁에는 아무도 없어요. 곧 졸업인데, 대학에 진학하지 않고 취직할 생각이라면 이 일도 괜찮잖아요."

"그건 조카분이 결정할 일이에요. 같은 우주에 존재하지도 않는 삼촌이 결정할 일이 아니라고요."

태영의 눈시울이 붉게 물들었다.

"제가 사는 우주에서 형님에게 목숨을 빚졌어요. 형님은 저 때문에 죽었어요. 굳이 이 우주로 온 건 그 때문이에요. 여기서는 자기 때문에 제가 죽었다고 생각하면서 평생 죄책감으로 힘들어하다 돌아가셨거든요. 조금만 더 일찍 왔어도 제가 살아 있는 걸 보실 수 있었을 텐데……."

"그렇게 단순한 문제가 아니라고요. 회사는요? 우리 회사가 다른 우주에서 온 사람을 순순히 엔딩플래너로 받아줄 것 같아요?"

"그건 걱정하지 말아요. 회사와는 벌써 이야기가 됐으니까요."

"무슨 이야기요?"

태영은 대답 없이 빈소 쪽을 바라보았다.

"연우도 아빠가 살아 있는 우주에 갔다 오면 마음을 정리할 수 있을 테고, 엔딩플래너 일에 관심이 생길 거예요. 전 연우에게 새로운 운명을 만들어주고 싶어요."

허, 운명이라⋯⋯. 마래의 입에서 저절로 긴 한숨이 터져 나왔다.

"그럼 일단 우리가 다른 우주에서 왔다는 이야기를 하고 조카분이 어떤 반응을 보이는지 확인해보죠. 결정은 그다음 문제니까요."

마래는 썩 내키지는 않았지만 이 모든 결정을 연우에게 맡겨보기로 했다.

인식이 존재를 결정한다

연우는 고개를 쭉 내밀어 테이블에 놓인 휴대폰을 유심히 살폈다. 자신의 휴대폰과 크기와 모양은 비슷했지만 구성 요소에서 약간의 차이가 있었다. 몸체가 투명한 광택 소재로 되어 있어 내부 회로가 선명하게 드러났다.

"만져봐도 되나?"

혼잣말을 하며 연우는 조심스럽게 손가락을 홀로그램 가까이 가져갔다. 손가락 끝이 홀로그램 문서에 닿자 빛이 반응하며 마치 살아 있는 것처럼 출렁거렸다. 좀더 깊숙이 홀로그램 안으로 찔러넣자 문서를 통과한 손가락이 사라졌다.

"와, 이거 진짜 비싸겠다!"

그때 엔딩플래너들이 접객실로 들어오는 게 보였다. 연우는 재빨리 자세를 고쳐 앉았다.

"계약서를 읽어봐도 단어가 생소해서 이해가 잘 안 되시죠? 그래서 저희 참 믿음직한 상조회사는 직접 엔딩플래너가 찾아와 상담해드리고 있습니다."

태영이 손으로 홀로그램 계약서를 가볍게 쓸어넘겼다. 그러자 눈앞에 흙속에 파묻혀 있는 작은 나무뿌리가 나타났다.

"평행우주 개념은 한 그루의 나무에 비유될 수 있습니다."

평행우주? 순간 연우는 자신의 귀를 의심했다.

태영은 연우가 고개를 갸웃거리는 걸 보아 넘기며 계속 말했다.

"나무는 하나의 뿌리에서 시작해 여러 갈래로 나뉘고 각기 다른 방향으로 줄기를 뻗어나가죠."

나무뿌리가 무럭무럭 자라나 굵은 줄기를 뻗어나갔다. 그러더니 곧 무성한 가지를 내뻗은 나무로 자랐다. 가지마다 풍성한 나뭇잎이 바람결을 따라 흔들거렸다.

"평행우주도 마찬가지입니다. 뿌리가 되는 하나의 우주에서 시작해 결정적인 순간마다 우주는 나뉘고 각각 독립적으로 진화하죠."

곧이어 새까만 우주 공간에 작은 점이 나타났다. 그 점은 점점 커지면서 대륙과 바다로 둘러싸인 푸른 지구로 변했다. 어딘가에서 갓난아기 울음소리가 들렸다. 아기가 아장아장

걸음마를 시작하자 지구는 두 개, 네 개, 열여섯 개로 순식간에 나뉘었다. 셀 수 없이 많은 지구에서 아이가 각기 다른 모습으로 성장했다. 무수히 많은 지구가 순식간에 동그라미로 바뀌며 눈앞을 가득 채웠다. 태영의 명함에 찍힌 그 동그라미들이었다.

"평행우주는 빛이 파동인 동시에 입자일 수 있다는 양자역학의 원리에 기반해요. 원자로 구성된 물질은 동시에 여러 위치에 존재할 수 있고, 우주 역시 서로 다른 상태와 위치에서 동시에 존재한다는 걸 입증해냈죠."

연우는 태영이 무슨 말을 하는 건지 도통 알아들을 수 없었다. 그래도 평행우주라는 말은 들어본 적이 있었다.

"다시 말해 연우 님이 존재하는 우주가 이 세계 외에도 더 있다는 말입니다. 믿기 힘드시겠지만."

당연히 믿기 힘들었다. 아버지가 돌아가셨다는 사실도 믿기지 않는데 장례식장에 찾아와서 여기 말고 다른 우주가 존재한다니…….

"그럼 아빠가 살아 있는 우주도 있단 거예요?"

"죄송합니다만 그건 말씀드릴 수 없습니다. 엔딩플래너는 다른 우주나 고객의 정보를 외부에 공개하지 않습니다. 참 믿음직한 상조회사와 계약하시고 생전생애(生前生涯) 체험을 옵션으로 선택하시면 그때 안내해드리겠습니다.”

참 믿음직한 상조회사의 생전생애 체험은 단 세 시간 동안 자신의 평행우주를 여행할 수 있는 프로그램이다. 체험 비용이 대한민국 직장인의 평균 세 달 치 월급과 맞먹는 큰 금액이지만 매력적인 옵션임은 틀림없었다.

태영이 처음에 봤던 계약서를 다시 공중에 띄웠다.

연우는 머릿속이 복잡해졌다. 이건 신종 사기일까?

“외할아버지와 얘기해볼게요.”

십여 년 만에 만난 외할아버지와 의논할 생각은 없었다. 그냥 자리를 피하려고 한 말이었다.

연우가 의자에서 일어나자 태영이 홀로그램 계약서를 손으로 집었다. 그러자 A4 크기의 종이 계약서가 태영의 손으로 펄럭이며 떨어졌다.

“정말 갈 수 있어요? 아빠가 살아 있는 곳으로 갈 수 있냐고요!”

연우가 다시 자리에 앉자 태영이 엷은 미소를 지었다.

“인식이 존재를 결정합니다. 내가 인식하지 못하면 나의 평행우주는 그저 가능한 상태로만 존재하게 됩니다. 다시 말해 아버지가 살아 계신 우주와 아버지가 돌아가신 우주가 동시에 존재하게 되는데요. 연우 님이 아버지가 살아 계신 우주가 있다는 걸 인식하는 순간, 두 세계는 나뉘고 연우 님은 아버지가 살아 계신 우주로 진입할 수 있게 됩니다."

태영이 차분하게 말을 이었다.

"여기 계약서에 서명하시면 바로 참 믿음직한 상조회사의 슈퍼컴퓨터 서버에 회원으로 등록됩니다. 그럼 담당 엔딩플래너와 상담을 통해 가보고 싶은 평행우주를 선택하고, 그 우주에 사는 자신의 몸으로 의식이 전송됩니다. 쉽게 말해 다른 우주의 자신에게 옮겨붙는 '빙의'와 비슷하죠. 그 우주에 사는 자신은 이게 꿈인지 현실인지 자각하지 못하고요."

마래가 말을 덧붙였다.

"인간의 기억은 시간이 지나면 잊히거나 왜곡되잖아요. '내가 진짜 그런 말을 했다고?', '여기 와본 적이 있는 것 같은데?' 이런 생각이 든다면 한 번쯤 의심해봐도 되겠죠. 내 의식 속에 또 다른 내가 왔다 갔을지도 모른다고요."

태영은 마래의 설명이 만족스러운 듯 빙긋 미소 지었다.

"그렇게 회원님의 의식이 다른 평행우주로 가면 담당 엔딩플래너는 참 믿음직한 상조회사에서 자체 개발한 이 퀀텀폰으로 회원님의 위치를 파악한 뒤 원격 전송 시스템을 이용해 이동합니다."

태영이 테이블에 놓인 종이를 손가락으로 톡톡 건드렸다.

"이 계약서가 원격 전송으로 여기까지 왔죠. 아직은 이동하는 데 시간이 좀 걸립니다. 소설이나 영화에서처럼 빛의속도보다 빠르게 순간 이동하는 건 기술적으로 실현되지 않았거든요."

연우는 그런 복잡한 말에는 관심이 없었다. 어찌 되었든 아버지만 만나면 된다. 아니, 아버지가 살아 있는 곳으로 갈 수만 있으면 된다. 그날 무슨 일이 있었던 건지, 고소공포증이 심한 사람이 어떻게 건물 십오층에서 외벽 작업을 한 건지 아버지에게 물어봐야 했다.

연우가 계약서에 서명하자 태영이 서둘러 서류를 챙겼다.

빈소를 나가는 태영의 뒤를 마래가 바짝 쫓으며 말했다.

"이번 한 번뿐이에요. 진짜!"

"두 번은 나도 형편이 안 돼서 못 해요. 애엄마가 월급이 왜 이렇게 줄었냐고 물을 걸 생각하면 벌써 무섭다니까요."

태영이 너스레를 떨며 엄살을 부렸다.

"계약금은 칠십이 개월 할부로 부탁할게요."

마래는 고개를 돌려 접객실에 혼자 앉아 있는 연우를 바라보았다.

"조카분 평행우주에는 직접 따라가실 거예요?"

"그것까지만 부탁할게요. 난 현장 안 뛴 지 오래돼서 쫓아

다닐 엄두가 안 나네요. 장례지도사 팔 년, 엔딩플래너 육 년을 하며 만날 뛰어다녔더니 무릎에 관절염이 와서 요즘 물리치료 받으러 다닌다니까요."

"에이, 그 때문만은 아닌 것 같은데요?"

마래가 불룩 튀어나온 태영의 배를 내려다보았다. 자신도 현장 근무를 그만두면 금세 저렇게 살이 찔까 궁금했다. 이 우주, 저 우주로 사방팔방 뛰어다니며 행여 실수라도 할까봐 촉각을 곤두세우고 허구한 날 밤을 새우니 아무리 먹어도 살이 찌질 않았다. 그래, 하루빨리 이 일을 그만둬야 해. 그래야 살이 찌든 연애를 하든 하지.

태영이 축축하게 젖은 눈으로 말했다.

"내가 가면 가족인 거 티 나잖아요. 이번만, 한 번만 부탁할게요."

배웅

죽음은 누구에게나 찾아오지만 죽음을 맞이하는 마지막 모습은 사람마다 다르다. 가족의 사랑 속에서 평안하게 세상을 떠나는 호상이 있는가 하면 스스로 삶의 끈을 놓아버리는 자살도 있고, 살아 있어도 유령처럼 거리를 떠돌다 신원 미상의 무연고로 객사하기도 한다.

마래와 태영은 고인의 몸을 깨끗이 씻기고 수의를 입히는 염습 절차를 준비했다.

태영이 수의를 꺼내 준비하는 동안 마래는 사망진단서를 살폈다. 사망 원인은 추락으로 인한 심정지였다.

"형님이 평소 심장 질환이 있으셨나요?"

"네, 맞아요."

어린시절에 형은 미끄럼틀 위에 올라가는 것도 주저했다.

아버지가 대리운전을 하며 한강 다리를 건너다 교통사고로 추락사한 후로 더 그랬다.

"그런 분이 어쩌다 건설 현장에 나가시게 된 거예요?"

"마트에서 일하다 해고당했대요. 한동안 일이 없어 재건축 현장에 나가게 됐더라고요."

태영은 고인에게 수의를 입히고는 자리에 주저앉았다. 가족과의 이별은 아무리 경험과 연차가 쌓인 엔딩플래너라 해도 견디기 힘든 아픔이었다.

"제가 마무리할게요. 밖에서 바람이라도 좀 쐬고 오세요."

태영은 수의 밖으로 나온 고인의 손을 꼭 잡으며 잠시 눈을 감았다. 그러고는 연우에게 가보겠다며 염습실을 나갔다.

고인의 얼굴에는 긁힌 상처 외에 크게 상한 부분이 없었다. 마래는 알코올솜으로 한번 닦아내고는 면도를 시작했다. 그러면서 적막한 침묵을 떨치려고 일부러 고인에게 말을 걸었다.

"이제 좋은 곳에 가서 편안하게 쉬셔야죠. 아드님 보고 싶으시죠? 곧 올 거예요. 아드님이 아버님의 마지막 모습을 멋지게 기억할 수 있도록 제가 잘 단장해드릴게요."

마래는 메이크업 박스를 열어 향이 좋은 애프터 셰이브를 바르고 눈썹을 가지런히 정리했다. 죽기에는 너무 이른 나이다. 자식을 홀로 남겨놓고 어떻게 눈을 감았을까. 그 마음이 얼마나 아프고 원통했을까.

"동생분이 다른 우주까지 찾아와 장례를 치러주려고 하는 걸 보면 참 좋은 형님이셨나봐요. 아드님은 저희가 도와줄 테니 아버님은 저희 좀 지켜주세요."

마래가 살가운 투로 하소연하다가 배시시 웃었다. 그러자 철영도 따라 미소를 짓는 것만 같았다.

*

연우는 염습실 앞에서 들어가지도 못하고 한참 복도를 서성거렸다. 심장이 좋지 않은 외할아버지는 빈소에 남았다. 연우에게도 보기 좋은 모습은 아닐 거라며 가지 말라고 말렸지만 마지막으로 아버지를 보지 않고 보낼 수는 없었다.

하지만 저 방에 들어가면 아버지가 정말 돌아가셨다는 걸 받아들여야 할 것 같아 두려웠다. 그런 마음을 잘 알기에 태영은 서두르지 않았다.

"힘들면 안 보셔도 됩니다. 아버지를 생전의 모습으로 기억하셔도 괜찮아요."

도대체 이 엔딩플래너는 얼마나 울었던 걸까. 눈동자가 잘 보이지 않을 정도로 눈가가 퉁퉁 부어 있었다. 엔딩플래너도 참 극한 직업 같다. 자기 가족도 아닌데 장례식 때마다 저렇게 울어대면 얼마나 괴로울까. 직업의식이 대단해 보이지만 감정 소모도 엄청날 것이다. 자신은 절대 엔딩플래너는 되지 말아야겠다고 생각하며 연우는 말했다.

"이제 들어갈게요."

태영이 천천히 문을 밀었다. 연우는 발바닥에 무거운 추라도 달린 듯 다리를 질질 끌며 따라 들어갔다.

맨 처음 눈에 들어온 사람은 마래였다. 바람 불면 휙 날아갈 것 같은 저 사람이 시신 앞에서 뭘 하는 거지? 담담한 얼굴을 하고 있는 걸 보니 생김새와는 다르게 단단한 사람일지 모르겠다는 생각이 들었다.

연우는 마래를 쳐다보며 애써 아버지를 보지 않으려 했다. 그런데도 저절로 시선이 아래로 떨어졌다. 아니길 바랐는데, 온 마음을 다해 기도했는데…….

아버지는 그동안 몹시 피곤했는지 세상모르고 곤히 잠든 것처럼 보였다. 흔들어 깨우면 금방이라도 일어나 깜빡 잠이 들었다고 말하며 웃을 것만 같았다.

연우는 내내 참았던 울음을 터뜨렸다.

"아빠, 일어나! 이제 우리 집에 가자. 제발 일어나."

일할 때는 웬만해선 울지 않는 마래도 코끝이 빨개졌다.

태영은 뚫어져라 천장만 쳐다보고 있었다.

화장을 하는 두 시간 동안 연우는 천이백 도가 넘는 화구 앞을 떠나지 않았다. 뼛가루가 담긴 유골함을 봉안당에 모시고 나니 이틀 만에 훌쩍 커버린 느낌이었다.

마래가 엔딩플래너가 되고 나서 처음으로 맡았던 일이 여덟 살 아이를 둔 어머니의 장례였다. 양볼이 유난히 통통한 아이였다. 고인을 모시려고 올라간 병실에서 아이는 이미 싸늘하게 식은 엄마 손을 매달리듯 꼭 잡고 있었다. '엄마, 내 손 놓지 마. 나 무서우니까 꼭 잡아줘야 해' 하며 울던 아이는 장례가 끝나자 더이상 어린아이 얼굴이 아니었다. 상실의 아픔을 일찍 알아버린 아이들을 볼 때 마래는 가슴이 아팠다.

마래는 힘없이 고개를 떨구고 있는 연우에게 다가갔다.

"이건 제 명함이에요. 생전생애 체험은 세 시간 정도 소요되니까 편한 시간에 연락주세요."

태영이 참 믿음직한 상조회사 로고가 찍힌 퀀텀폰을 연우에게 건넸다. 접객실에서 봤던 것과 같은 거였다.

"평행우주 어디에서나 사용할 수 있는 퀀텀폰이에요. 앞으로 연락은 이걸로 하고요."

마래가 진심을 담아 힘주어 말했다.

"큰일 치르느라 많이 지쳤을 텐데, 며칠은 아무 생각 하지 말고 푹 쉬어요."

연우의 평행우주

마래가 천근만근 녹초가 된 몸을 이끌고 막 집 앞에 도착했을 때 퀀텀폰이 요란하게 진동했다. 마래는 화면을 건드려 홀로그램을 띄웠다.

연우였다. 그런데 표정이 굉장히 불안해 보였다.

"아빠가 살아 있어요! 뭐가 잘못됐는지 절 알아보지 못하세요."

마래는 서둘러 참 믿음직한 상조회사 앱을 열었다. 연우의 생전생애 체험 날짜가 오늘로 기재되어 있었다. 아니, 언제 날짜와 시간까지 입력한 거야?

"진정해요. 물론 많이 놀랐을 거예요. 제가 지금 그리로 갈게요. 아버지에게 말은 걸지 말고 당장 그 집에서 나와요."

"너무 이상해요. 여기 어디에도 제 물건이 없어요!"

이런, 벌써 말도 걸고 집안까지 들어갔나보네. 경찰이라도 오면 일이 굉장히 복잡해지는데…….

"아무 짓도 하지 말고 당장 집에서 나와요!"

마래는 서둘러 연우의 평행우주를 살펴보았다. 연우에게는 512개의 평행우주가 있었다. 잠깐, 열아홉 살인데 평행우주가 512개밖에 안 된다고?

어떤 결정을 내리는 순간, 그 사람의 평행우주는 나뉜다. 어린시절 친구와 싸우고 관계를 이어갈지 말지 결정하는 순간에도, 고등학교 졸업 후 대학에 진학할지 아니면 직장을 구할지 결정하는 순간에도, 이사를 가기로 하거나 결혼을 고려하는 순간에도 마찬가지다. 이처럼 각각의 선택이 우주를 계속해서 생성시키기에 평행우주는 기하급수적으로 늘어날 수밖에 없다. 대체 박연우라는 사람은 어떤 삶을 살았던 거지? 지금까지 선택이라는 걸 해본 적이 거의 없나?

"이런 걸 따지고 있을 때가 아니지."

마래는 서둘러 구두를 운동화로 갈아 신었다. 그러고는 퀀텀폰의 내비게이터에 연우가 있는 우주의 좌표를 입력한 후 확인 버튼을 눌렀다.

*

　장례를 마친 후 연우는 집으로 돌아왔다. 집안에 식탁이며 소파, 텔레비전은 다 그대로인데 아버지만 없었다.

　그때 퀀텀폰 화면이 환하게 밝아지더니 메시지가 떴다.

　박연우 회원님, 생전생애 체험 준비가 완료되었습니다. 체험을 시작하시겠습니까?

　태영과 마래가 원격 전송에 관해 설명할 때, 연우는 평행우주로 가는 날짜를 무심코 적어넣었다. 계약서에 적힌 말들은 낯설었지만 평행우주라는 단어가 내포한 가능성은 정확히 이해했다. 이곳에서는 아버지가 이미 세상을 떠났지만 다른 우주에는 여전히 살아 있다는 의미였다.

　"아빠를 만나야 해."

　연우가 '예'를 선택하자, 참 믿음직한 상조회사 홍보 영상에서 봤던 지구가 빠른 속도로 회전하기 시작했다. 그러더니 주변이 점점 흐릿해졌다. 연우는 깜짝 놀라 눈을 감았다.

　그리고 눈을 떴을 때 아버지가 바로 앞 소파에 누워 텔레비전을 보고 있었다. 아버지를 본 순간 연우의 눈에서 왈칵 눈물이 쏟아졌다. 물어보고 싶은 게 많았는데 입에서는 계속 '아빠'라는 말만 흘러나왔다. 그런데 아버지는 연우를 알아보지 못했다. 마치 처음 보는 사람처럼 거실의 조명스탠드를 꽉 쥐며 경계했다.

연우는 아버지의 반응에 놀라 집안을 둘러보았다. 텔레비전은 원래 있던 것과 비슷한데 가구는 다 처음 보는 것들이었다. 무엇보다 창밖으로 넓게 펼쳐진 하늘이 보였다. 이곳은 반지하가 아닌 고층 아파트였다.

"죄송해요. 집을 잘못 찾아온 것 같아요."

연우는 얼른 현관문을 열고 뛰어나왔다. 그리고는 덜덜 떨리는 손으로 마래에게 연락을 했다.

통화를 마치고 나서는 마래가 말한 대로 아무것도 하지 않고 마냥 기다릴 생각이었다. 그렇지만 아무 생각도 하지 않는 건 불가능했다.

그날 야간자율학습이 끝나고 학교 앞 공원으로 가지 않았더라면? 그곳에서 승윤을 만나지 않았더라면? 아버지가 마트에서 해고당하지 않았더라면? 아니, 처음부터 어머니를 따라 이탈리아로 갔더라면? 그랬더라면…….

아버지는 죽지 않았을까?

퀀텀폰 화면이 또다시 밝아지며 주변이 흐릿해졌다. 이번에는 눈을 감지 않았다. 일곱 살 때 어머니와 헤어지며 우는 연우의 모습이 홀로그램으로 나타났다. 마치 다시 그때로 돌아간 것만 같았다. 그 순간 비행기 엔진 소리가 귓가를 채웠다. 기내에서 어머니와 나란히 앉아 서로 눈을 맞추며 웃는 장면으로 바뀌었다. 과거와 현재, 기억과 현실이 서로 얽혀 혼란스러웠다.

홀로그램이 서서히 사라지면서 짙은 가죽 냄새가 코끝으로 밀려들었다. 늦은 오후 햇살이 긴 창문을 통해 방안으로 스며들었다.

원목 책상 위에 크고 작은 가죽 원단들이 널브러져 있었다. 그 옆으로 낮은 진열장에 십여 켤레가 넘는 신발들이 가지런히 놓여 있었다. 알록달록한 천을 이어 만든 색동 구두며 금장 장식으로 멋을 낸 하이힐, 겨울 누비옷처럼 목화솜을 넣어 만든 방한용 부츠도 보였다. 디자인에 문외한인 연우 눈에도 진열된 신발들이 저마다 개성적이고 독특했다.

발을 내디딜 때마다 나무로 된 마룻바닥에서 끼익 소리가 났다. 누군가 소리를 듣고 방문을 열고 들어올 것만 같았다. 빨리 여기서 나가야 했다. 이곳이 어딘지도 모르는데 무단침입으로 몰리면 곤란했다. 연우는 조심스럽게 걸어가 방문을 열었다.

충고가 높은 거실이 나왔다. 연우는 발끝에 힘을 주고 현관문 쪽으로 발을 옮기다 그 자리에 멈췄다. 거실 벽면에 걸린 사진 때문이었다.

사진 속에 있는 사람은 자신이었다. 그리고 그 옆에서 웃고 있는 사람은…… 어머니였다. 화려한 벽화로 장식된 성당 앞에서 두 사람은 어깨를 나란히 하고 활짝 웃고 있었다.

연우는 사진에 눈을 둔 채 한 걸음 더 다가갔다. 두 사람의 닮은 점이 하나둘 눈에 들어왔다. 꼬리가 처진 눈매부터 말려올라간 입꼬리, 심지어 밝은 원색의 옷까지 서로 닮아 있었다.

연우는 일곱 살 때 이탈리아로 떠난 어머니를 꽤 오래 그리워했다. 아버지와 살게 된 후 한동안 무언가 없어지기만 하면 손전등으로 소파 밑을 비췄다. 작은 공이나 레고 조각이 사라지면 어머니는 손전등으로 소파 밑을 훑곤 했으니까. 그 기억으로 연우는 아끼던 뭔가를 잃어버리기라도 하면 제일 먼저 손전등을 찾았다.

"아빠, 여기 엄마 머리끈이 있어요!"

초등학교를 졸업할 때까지 하루도 어머니를 생각하지 않은 날이 없었다. 이럴 줄 알았으면 이탈리아에 따라간다고 매달리기라도 할걸. 후회하고 또 후회했다. 하지만 중학교에 들어간 이후로는 더이상 그런 생각을 하지 않았다. 후회한다 해도 이미 늦었다는 걸, 소용없다는 걸 알아버렸기 때문이었다.

원격 전송

　지정된 좌표에 도착한 마래는 당황한 얼굴로 퀀텀폰을 들여다보았다. 이곳에 연우가 있어야 하는데, 없다! 아니, 기운 하나 없어 보이던 사람이 또 어디로 이동한 거야?

　마래는 목적지를 새로 고침하며 치밀어오르는 짜증을 눌렀다. 요 며칠 제대로 눈을 붙이지 못해 다크서클이 입 주변까지 내려왔다. 어제저녁부터 먹은 것이 없어 허기도 졌다. 정말이지 한 걸음도 더 움직이기 싫었다. 그냥 여기서 뭐라도 간단하게 먹고 이동할까. 마래는 고민하며 퀀텀폰을 내려다보았다. 그러다가 내비게이터에 뜬 좌표를 보고 당황했다.

　"어라, 여긴 어디야? 북위 43도, 이탈리아 피렌체?"

　회원이 자신의 평행우주로 이동하면 담당 엔딩플래너는 내비게이터로 회원의 위치를 확인하고 원격 전송 시스템을 이용해 따라간다. 회원들은 자신의 평행우주를 인식만 하면 다른 우주의 자신에게로 의식이 옮겨갈 수 있지만, 엔딩플래너들은 다른 사람의 의식으로 들어갈 수는 없으니 원격 전송 시스템을 통해 직접 이동해야만 한다. 이 시스템은 인간의 질량을 양자 정보로 변환한 후 원하는 위치에 복원시키는 기술을 기반으로 한다.

지금 연우는 이탈리아에 있었다. 피렌체라면 영화에서 봤던 그 두오모 성당이 있는 곳 아닌가. 성당 꼭대기에서 일몰을 본 뒤 근사한 레스토랑에서 비스테카 알라 피오렌티나를 먹어볼까?

마래는 서둘러 목적지를 재설정하고 원격 전송 버튼을 눌렀다.

원격 전송으로 이동하다보면 목적지에 도착했을 때 뇌세포 몇 개는 복원되지 않은 것 같을 때가 있다. 특히 막 다른 우주에 도착해 첫걸음을 내디딜 때 정신을 차리기가 어렵다. 어지럽고 속이 메스꺼워 주변이 선명하게 보이기까지 시간이 걸린다. 마래가 유독 심하게 느끼는 편이었다. 마래는 다른 엔딩플래너들과 회사에 이 문제를 개선해달라고 요청했지만 많은 비용이 든다는 이유로 바뀌지 않고 있었다. 누구 하나 잘못되어야 시스템이 바뀌려는지……. 다행히 어젯밤부터 먹은 게 없어서 헛구역질만 올라오고 속을 게워내진 않았다.

마래는 홀로그램 화면의 지도와 눈앞에 있는 건물을 번갈아 바라보았다.

"분명 이곳이 맞는데……."

내비게이터는 그 사람이 있는 구역과 건물 층까지는 알려 주지만 정확한 위치를 파악할 순 없다. 그건 또 엔딩플래너가 손품과 발품을 들여야 하는 일이다.

마래는 나뭇결무늬가 그대로 살아 있는 고풍스러운 현관문을 밀었지만 잠겨 있었다. 붉은벽돌로 지어진 건물은 오래된 아파트인 모양이었다. 현관문 옆 벽면에 그곳에 사는 사람들의 이름이 적힌 문패와 작은 은색 버튼이 달려 있었다. 낯선 언어로 적힌 이름들을 살펴보다 건물 꼭대기인 오층에 'LEE'라는 이름 옆 버튼을 눌렀다.

초인종이 몇 번 울렸지만 현관 스피커에선 반응이 없었다.

고개를 들어 오층 창문을 올려다보았다. 흰색 커튼 너머에 얼핏 검은 그림자가 왔다갔다하는 게 보였다. 다시 연우에게 퀀텀폰으로 연락했지만 받지 않았다.

"연우 님, 저 권마래예요. 문 좀 열어주세요!"

창문 아래에서 작은 소리로 연우를 불렀다. 역시 대답이 없었다.

"아래로 좀 내려와봐요, 연우 님!"

조금 더 큰 소리로 불렀지만 들리지 않는 모양이었다.

그때 머리카락을 붉은색으로 물들인 동양인 여자가 여행용 가방을 끌며 다가왔다.

"누구세요? 우리 연우 찾아왔어요?"

여자는 마래를 경계의 눈빛으로 바라보다 말끝을 흐렸다.

"근데 연우는 지금 카페 아르바이트하러 갔을 텐데……."

마래는 말 안 해도 자신이 어떤 상태로 보일지 짐작할 수 있었다. 검은 정장과 하얀 셔츠는 꾸깃꾸깃했고, 바닥 쿠션이 두툼한 운동화는 옷차림과 영 어울리지 않았다. 자신이 생각하기에도 머쓱해 웃고 말았다.

여자가 현관문에 열쇠를 꽂으며 말했다.

"들어와요. 전 연우 엄마, 이진주예요. 로마에 출장을 갔다 사흘 만에 집에 오는 거예요. 여행사에서 가이드 일을 하거든요."

진주는 연우를 찾는 손님이 왔다는 것만으로도 흥미로워하는 눈치였다. 오래된 나무 계단을 따라 오층으로 올라가는 동안에도 쉴 새 없이 마래에게 질문을 쏟아냈다.

"사람을 꽤 많이 만나봤는데 장례지도사는 처음 봐요. 그 일은 어떻게 시작하게 됐어요?"

502호 문을 열고 거실로 들어갈 때까지 진주는 마래가 숨이 차서 헐떡거리는 것도, 연우가 꿔다 놓은 보릿자루처럼 거실 한가운데에 서 있는 것도 알아차리지 못했다.

다시 만난 엄마

연우는 현관문을 열고 들어오는 어머니를 바라보며 자신도 모르게 숨을 꾹 참았다. 일곱 살 아이였다면 품에 안겨 왜 그동안 자신을 보러 오지 않았느냐며 어리광이라도 부렸을지 모른다.

연우는 뒤따라 들어온 마래를 발견하고는 입을 열었다.

"저 미친 거예요? 이게 진짜 현실이라고요?"

그제야 진주는 연우가 반쯤 넋이 나간 얼굴로 이상한 말을 중얼거리고 있다는 걸 깨달았다.

"너 아르바이트하러 안 갔어? 아휴, 며칠이나 됐다고. 그새 또 그만둔 거야? 엄마는 어린 너 데리고 이탈리아에 와서 자리잡느라 온갖 궂은일 다 하며 살았는데. 넌 어떻게 네가 하고 싶은 일만 하고 살아?"

잔소리를 늘어놓던 진주가 옆에 있는 마래를 의식한 듯 어색하게 웃었다.

"아, 그거 알아요? 우리 연우가 패션 학교인 폴리모다에서 구두 디자인을 전공했잖아요. 그 유명한 오찌에서 인턴으로 육 개월 근무도 했다니까요. 여기 이탈리아에서도 청년들이 취업이 안 돼 난리예요. 인턴이다 뭐다 해서 싼값에 부려먹기만 하고 취직은 안 시켜주네요."

"아, 네."

"장례지도사는 안정적인 직업이라 좋겠어요. 경기는 안 탈 거 아니에요. 사람은 언제나 죽으니까요."

내내 맞장구치던 마래가 씁쓸한 얼굴로 말했다.

"사람은 언젠가 죽죠."

마래는 시체가 몇 구 들어온다는 둥, 시신을 소각한다는 둥 고인을 물건처럼 대하는 말과 태도를 경계했다. 사람의 죽음은 단순히 숫자나 금액으로 환산될 수 있는 일이 아니었다.

어려서부터 마래는 하늘을 가르며 날아가는 참새와 땅에 떨어져 죽은 참새가 다를 바 없다고 여겼다. 그래서 아이들이 심심풀이로 개미를 밟아 뭉개거나 잠자리 날개를 뗄 때 화를 내며 말렸다. 몸이 뒤틀린 채 죽은 매미와 날개가 뜯긴 채 죽은 나비를 보면 정성껏 땅에 묻어주었다. 길바닥에 납작하게 깔린 쥐나 내장이 터져나온 고양이를 묻고 있는 모습을 보고 기겁한 어른들에게 야단을 맞기도 했다.

"저는 죽음을 삶의 일부라고 생각해요. 죽음을 어떻게 받아들이느냐에 따라 우리 삶의 방향이 달라진다고 믿어요."

"어쩜, 그런 생각은 해보지 못했네요."

진주는 또렷한 눈빛으로 말하는 마래를 흐뭇하게 바라보았다.

"연우가 만든 신발 좀 구경하고 있어요. 나는 옷 갈아입고 올게요. 우리 같이 저녁 먹어요."

진주가 몸을 돌리자마자 마래는 하얗게 질린 채 서 있는 연우를 방으로 끌고 갔다. 연우가 침대에 쓰러지듯 걸터앉자 마래가 입을 열었다.

"이미 눈치채셨겠지만 이곳은 연우 님 평행우주 중 하나예요. 어렸을 때 부모님이 이혼하셨다고 했죠? 그래서 아버지랑 둘이 살았고요. 생각해본 적 있어요? 만약 어머니랑 살았다면 어땠을까 하고요."

부모님이 이혼한 후 연우는 한동안 어머니와 외갓집에 얹혀살았다. 시장에서 국밥집을 운영하는 외할머니와 외할아버지 옆에서 어머니는 차츰 마음의 안정을 찾아갔고 다시 공부를 시작했다. 그리고 작은 여행사에서 가이드로 일하다 이탈리아로 이주를 결심했다. 처음에는 연우도 데려갈 생각이었다.

외할머니가 말렸다. 이제 겨우 일곱 살짜리를 데리고 말도 잘 통하지 않는 낯선 나라에서 어떻게 적응하고 생계를 꾸릴 거냐며 자리를 잡고 나서 데려가라고 설득했다.

외할머니가 연우 손을 잡고 말했다.

"엄마는 이탈리아에 가서 돈 벌어야 한대. 연우는 잠깐 아빠 집에 가 있을까? 엄마가 나중에 데리러 온대."

어린 연우는 외할머니가 말한 '잠깐'이 열 손가락 정도의 날일 거라고 생각했다. 그리 다정하지도 않고 식당 일로 바쁘기만 한 외할머니보단 아버지와 지내는 게 나을 것 같았다.

어머니는 이탈리아로 떠난 직후에는 자주 영상통화를 걸어왔고 생일이면 선물을 보내줬다. 하지만 여러 해가 지나 연우가 초등학교를 졸업할 때까지도 돌아오지 않았다.

그간 연우는 그때의 선택이 자신의 삶을 바꿨다고 생각했다. 어머니를 따라 이탈리아로 갈 수 있었는데 굳이 남기로 해서 아버지가 죽게 된 건 아닐까? 그 생각이 내내 마음을 무겁게 짓눌렀다.

하지만 이제야 알았다. 그때의 선택은 어머니의 결정과 외할머니의 의지로 이미 정해져 있었다는 사실을. 연우에게 주어진 선택지는 그저 결과를 어떻게 받아들이느냐는 것뿐이었다.

"아빠는요? 제가 엄마와 살고 있으니까 아빠는 살아 계신 거죠?"

"그렇게 간단한 문제가 아니에요. 이 우주에서도 아버지는 돌아가셨어요. 평소 심장 질환이 있었는데 돌아가시기 전날 새벽까지 일하다 심정지로 쓰러지셨대요."

마래가 가쁜 숨을 헐떡거리며 계단을 오르는 동안 진주는 숨 한번 고르지 않고 말을 쏟아냈다. 그 덕분에 짧은 시간 동안 이 우주에 사는 연우 가족에 대해 알 수 있었다.

"어떻게 제가 여기 와 있는 거죠? 처음에는 그저 아빠를 생각했을 뿐인데 눈앞에 있었어요. 절 알아보지 못하는 아빠를 두고 그 집에서 나온 뒤에는 엄마 생각을 했을 뿐인데 여기로……."

마래가 김춘수 시인의 「꽃」이란 시를 나직이 읊조렸다.

"내가 그의 이름을 불러주기 전에는 그는 다만 하나의 몸짓에 지나지 않았다. 내가 그의 이름을 불러주었을 때 그는 나에게로 와서 꽃이 되었다."

마래는 생각했다. 시인이야말로 우주의 진리와 이치를 깨달은 사람들이 아닐까?

"인간의 욕망은 끝이 없어요. 생전생애 체험을 통해 현재보다 조금이라도 더 나은 우주로 가보고 싶어하죠. 혹은 자신의 선택이 맞았다는 걸 확인하려고 일부러 불행한 우주로 가보기도 해요. 그렇지만 곧 알게 돼요. 다른 선택을 했다 한들 그 이후의 삶도 내가 기대한 만큼 완벽하지 않다는 걸, 결국 그때 그런 선택을 할 수밖에 없었다는 걸 깨닫게 되더라고요."

미켈란젤로 광장에 있는 두오모 성당 꼭대기에서 볼 수 있을 거라고 기대했던 피렌체의 핑크빛 노을이 창문을 통해 방 안 깊숙이 파고들었다.

"아버지가 돌아가신 일로 상심이 클 텐데 이 시간이 조금이나마 위로가 되길 바라요. 삼촌도 그걸 바라셨을 거예요."

"삼촌이요?"

마래는 아차 싶었다. 엔딩플래너는 회원들이 평행우주를 체험하면 곤란을 겪지 않도록 안내하되 다른 우주나 고객에 관한 정보를 발설하지 않아야 한다. 여태 이런 실수가 없던 마래였다.

"전 삼촌이 안 계시는데요? 어렸을 때 열경련으로 돌아가셨다고 했는데……."

그러다가 연우는 스스로 상황을 납득했다. 그러니까 자신이 사는 우주에서는 삼촌이 돌아가셨지만 다른 우주에는 살아 계실지도 모른다는 말이었다.

"근데 왜 다른 우주의 삼촌이 저를 위로해요?"

"그건 저도 몰라요."

마래는 두 번 다시 실수하지 않겠다는 듯 세차게 고개를 저었다.

"어떻게 해야 삼촌을 만날 수 있어요?"

마래는 운명이 선택에 의해 결정된다고 믿었다. 그래서 연우에게 새로운 운명을 만들어주고 싶다는 태영의 말에 마음이 움직였다. 하지만 태영이 무언가를 숨기고 있다는 의심은 지울 수 없었다. 지금 자신이 내린 선택이 어떤 결과를 가져올지 알 수 없어 두렵기도 했다.

"엔딩플래너가 되면 만날 수 있어요. 연우 님이 만나고 싶어하는 사람을요."

연우는 흠칫 놀라 되물었다.

"네? 엔딩플래너요?"

2부

신입 엔딩플래너

경기도 양평의 전원주택 앞에서 연우는 애써 떨리는 목소리를 눌렀다.

"반갑습니다. 엔딩플래너 박연우입니다."

백 일간의 신입사원 연수를 마치고 이제 막 참 믿음직한 상조회사 엔딩플래너가 된 연우였다. 그런 그에게 영혜가 직접 전화를 걸어와 양평까지 와줄 수 있느냐고 했을 때 연우는 며칠 동안 잠을 설쳤다.

"여기까지 와줘서 고마워요."

최영혜는 영화와 드라마뿐만 아니라 연극무대에서도 독보적인 존재감과 풍부한 표현력으로 찬사를 받고 있는 오십 대 배우였다.

연우가 사는 우주에서도 그녀는 최고의 배우였다. 그런데 어떻게 신입 엔딩플래너인 자신을 알고 연락했는지 의문이었다.

"이 세계에 박연우 엔딩플래너를 모르는 사람이 있을까요? 참 믿음직한 상조회사 광고에서 봤어요. 아버지가 돌아가시고 엔딩플래너들이 새로운 가족이 돼주었다고요."

연우는 원격 전송 시스템을 이용해 두 세계를 오가며 출퇴근을 했다. 회사 생활은 '학교'에서 '회사'로 소속만 달라졌을 뿐 내용면에서는 다를 바가 없었다. 가기 싫다고 빠질 수 없었고 성적을 올리듯 성과를 내야 했다.

회사는 다른 우주에서 인력을 끌어왔다는 사실이 외부로 알려지는 것을 꺼렸다. 그로 인해 발생할 문제를 고려해 연우의 채용 사실을 대외비로 하자고 제안했다. 하지만 마래가 극구 반대했다. 연우를 불법체류자로 살게 할 수 없다는 이유였다.

회사는 방향을 바꿔 기업이미지 쇄신용으로 연우의 사연을 세상에 드러내기로 결정했다. 그간 죽음을 돈벌이의 수단으로 이용하고 있다는 비판을 받던 회사로서는 절호의 기회였다. 대대적인 광고와 기사를 통해 비극적인 사고로 아버지를 잃은 아이에게 또 다른 삶의 기회를 열어준 기업이라는 선한 이미지를 심어줄 수 있었다. 한마디로 누이 좋고 매부

좋은, 아니 삼촌 좋고 조카 좋은, 참으로 그럴듯한 그림이었다.

"우리 저기 테이블에 가서 앉아요. 따뜻한 차를 준비해뒀어요."

영혜가 햇살이 잘 드는 야외 테이블을 가리켰다. 잘 가꿔진 정원에는 다양한 묘목과 꽃모종이 심겨 있었다. 목련나무 가지 끝에서 겨울눈이 하늘을 향해 꼿꼿하게 고개를 세웠다.

야외 테이블에 앉자 영혜가 보온병을 기울여 차를 따랐다.

연우는 수많은 동그라미가 찍힌 명함을 내밀었다.

"회원님, 상조라는 개념이 어디에서 유래했는지 아십니까? 우리나라에는 예로부터 상부상조의 전통이 있습니다. 농사는 물론이고 결혼, 장례 등 대소사가 있을 때마다 마을 사람들이 힘을 모아 함께 치르는 협동정신에서 비롯되었죠. 현재에 와서는 저희와 같은 상조회사에서 그런 일을 대행해주고 있습니다."

연우가 자리에서 일어나 깍듯이 허리를 굽혔다.

"저희 참 믿음직한 상조회사에서는 회원님의 사후생애뿐만 아니라 생전생애를 관리해드리는 토털 라이프 케어 서비스를 운영하고 있습니다."

연우가 준비한 멘트를 다 끝낼 때까지 영혜는 부드러운 미소를 잃지 않았다.

"차 들어요."

영혜가 찻잔을 건네며 말했다.

"어머니가 알츠하이머병이세요."

"네?"

영혜의 표정이 서서히 어두워졌다.

"처음에는 자꾸 예전에 살던 집에 찾아가시더니 이제는 제가 나온 드라마를 봐도 저인지 못 알아보세요. 이런저런 치료를 받고 계시는데 연세도 있고 해서 별 효과는 없을 거라고 하더라고요."

"그렇다면 저희 회사에 어머님을……."

"아뇨. 제 장례식을 계약하려고 연락드렸어요. 길어야 삼 개월 남았대요. 시한부 연기는 영화나 드라마에서 참 많이 했었는데 그게 내 이야기가 될 줄은 몰랐네요."

담담하게 웃고 있는 영혜를 보면서 연우는 이게 진짜인지, 연기인지 구분이 되지 않았다.

"장례식은 집에서 하고 싶어요. 가족들에게 힘들어하는 모습을 보이고 싶지 않아 의료진은 섭외해뒀어요. 남편도 동의했고요. 우리 딸이 걱정이긴 한데……."

영혜의 딸, 열여섯 살 문지수.

연우가 사는 우주에서 지수는 아역으로 시작해 엄마와 같은 배우의 길을 걷고 있었다. 그러면서 또래 배우들과 비교당하며 부모 찬스라는 둥, 최영혜 딸 맞냐는 둥, 연기도 서툴고 못생겼다는 둥 안티들의 악성댓글에 시달렸다. 그러다가 지난겨울에 영화 촬영 현장에서 큰 사고를 당했다.

연기력 논란에 시달리던 지수가 처음으로 맡은 주인공 역할이었다. 고등학교에서 살인사건이 일어나고 예지력, 염력, 텔레파시 등 각기 다른 초능력을 가진 학생들이 그 사건을 파헤치는 내용이었다. 지수는 학교 비리를 밝히는 탐정 역할을 맡았는데, 직접 자전거를 타고 도로를 질주하는 장면이 여럿 있었다. 이 장면을 위해 손을 놓고 자전거를 탈 수 있을 정도로 철저하게 연습했다.

전날 눈이 내리긴 했지만 촬영 당일은 모처럼 해가 났다. 리허설을 여러 번 한 상태에서 큐 사인이 떨어졌다. 전날 저녁부터 이어진 밤샘촬영으로 피곤했지만 지수는 연기에만 집중했다.

자전거 세 대가 줄지어 도로를 달렸다. 맨 앞에서 달리던 지수가 후열이 잘 따라오나 확인하려고 잠깐 고개를 돌렸다. 그 순간 자전거가 빙판에 미끄러지며 쓰러졌다. 바로 뒤에서 카메라를 싣고 따라오던 트럭이 급제동했지만 지수의 손이 바퀴 밑으로 빨려들어가는 걸 막진 못했다. 스태프들이 비명을 지르며 몰려들었다. 다 함께 트럭을 들어올려 바퀴 아래에 깔린 지수의 손을 꺼냈지만 오른손 뼈가 으스러진 상태였다.

다섯 번의 큰 수술이 이어지며 엉덩뼈를 손목에 이식하고 손가락뼈를 일일이 맞췄다. 파열된 신경을 다시 연결했지만 꾸준한 재활치료에도 불구하고 상태는 나아지지 않았다. 지수는 오른손을 제대로 쥐지도 펴지도 못했고, 통증 때문에 진통제를 달고 살아야 했다.

영혜가 조심스럽게 입을 뗐다.

"그 우주에도…… 우리 지수가 있나요?"

연우는 제발 그 질문만은 하지 않기를 바랐다.

"죄송합니다. 다른 우주에 관한 이야기는…….'"

"이런, 내가 주책이네. 미안해요."

영혜가 보온병을 기울여 자신의 찻잔을 채웠다. 수증기가 영혜의 얼굴 위로 뽀얗게 피어올랐다.

"지수가 연기를 하고 싶다고 했을 때 저는 반대했어요. 대중의 인정과 사랑을 받는 게 본인 노력과 의지만으로 되는 게 아니니까. 저도 무명이었던 기간이 십 년이 넘어요. 그런데도 대중은 저를 어느 날 갑자기 뜬 스타라고 여겼으니까요."

담담하게 이야기하던 영혜의 눈가에 눈물이 고였다.

"하지만 지수는 달라요. 누구의 딸이라는 무게를 견뎌야 해요. 다른 사람과는 출발부터 다르니 대중의 시각이 더 엄격할 수밖에 없어요. 그래서 말렸어요. 우리 딸은 엄마와 달리 평범하게 살았으면 좋겠다고 했어요. 그 말이 지수한테는 상처가 됐대요. 자기도 연기에는 엄마만큼 진심인데 왜 자기 노력은 몰라주느냐고."

영혜는 커다란 모직코트를 여미며 몸을 웅크렸다. 늦은 겨울과 이른 봄 사이, 햇볕은 따뜻했지만 공기는 아직 차가웠다.

"집안에 어머니가 계셔서 여기서 얘기하자고 했어요. 딸인 제가 먼저 죽는다는 걸 알게 되면 충격을 받으실 거예요."

영혜가 찻잔을 내려놓으며 말했다.

"제 장례식은 한 편의 연극 같았으면 좋겠어요. 연우 님이 그 연극의 총연출을 맡아주세요."

그녀를 다시는 볼 수 없으리라 생각하니 연우는 눈물이 날 것 같았다. 그나마 영혜의 생전생애 체험에 동행할 수 있다면 가문의 영광일 것이다.

"생전생애 체험은 하지 않을 거예요."

"네?"

연우는 잘못 들은 줄 알았다. 수의와 유골함 등 장례용품을 포함하여 모든 게 최고급 사양이라 비용이 만만치 않게 드는 참 믿음직한 상조회사를 선택하는 데는 다른 회사에 없는 생전생애 체험이 중요한 요소로 작용했다.

"저라고 왜 후회되는 순간이 없겠어요. 엄마 혼자 어렵게 저를 키워주셨어요. 이렇게 배우로 자리잡을 수 있었던 건 저를 따라다니며 궂은일도 마다하지 않고 매니저 역할을 해주셨던 엄마 덕분이에요. 지수도 엄마가 다 키워주셨고요."

감정이 북받치는 듯 영혜가 잠시 말을 멈추었다. 그러고는 말없이 차만 홀짝거렸다.

"제가 하지 않았던 선택의 결과를 확인해본들 뭐가 달라지겠어요. 인제 와서 저렇게 살면 좋았겠다는 후회만 남겠죠."

영혜는 화단을 내려다보았다. 연노란색 꽃봉오리가 이제 막 움트고 있었다.

"연우 님, 프리지어 꽃말이 뭔지 아세요?"

영혜가 나직이 웃으며 말했다.

"'새로운 시작'이래요."

초대받지 않은 손님

봄이 하루가 다르게 무르익어갔다. 불과 두 달 만에 연우는 영혜의 집을 다시 찾았다. 비쩍 말라 있던 연갈색 잔디는 초록색으로 짙어졌고, 집안 전체가 꽃향기로 어지러웠다. 나뭇가지를 스치는 산들바람에도 꽃잎이 우수수 떨어지는 4월 말, 연우는 분주하게 영혜의 장례식을 준비했다.

영혜가 말한 대로 서른 명 남짓한 사람들에게 부고를 알렸다. 장례식은 저녁 일곱시, 드레스코드는 상복이 아닌 파티복을 입고 올 것.

저녁이 되자 문상객들이 속속 영혜의 집으로 들어섰다. 한눈에 알아볼 만한 배우와 가수, 연출가와 작가, 코디네이터와 메이크업아티스트가 화려하지는 않지만 나름대로 신경쓴 파티복을 입고 나타났다. 미용실 원장은 대문 앞에서 들어오지 못하고 훌쩍거렸지만, 대부분은 영혜의 평소 성격을 알기에 애써 미소 지으며 그녀의 남편에게 위로의 말을 건넸다.

연우는 초대 명단과 문상객을 한 명씩 번갈아 확인했다. 영혜가 초대 명단에 없는 손님이 올 거라고 했다. 그 손님을 잘 부탁한다고 했는데…….

"누구지?"

영혜의 어머니는 왜 계속 손님들이 찾아오는지 영문을 알지 못한 채 거실 한쪽에 설치된 대형 스크린에서 눈을 떼지 못했다. 거기서는 영혜가 마당에 꽃모종을 심으며 남편과 대화하는 장면이 재생되고 있었다.

빈소는 이층에 있는 영혜의 방에 마련됐다.

연우의 귓가에 자꾸만 영혜 목소리가 맴돌았다.

'그 계절에 가장 아름다운 꽃으로 준비해주세요. 영정은 남편이 우리 집 마당에서 찍어준 영상으로 할게요.'

"프리지어와 라눙쿨루스, 라일락 등 봄꽃으로 장식을 마쳤고요. 영상은 미리 준비해두신 걸로 틀었습니다."

플로리스트가 관 장식은 처음이라며 손을 떠는 바람에 연우가 대신 꽃장식을 해야 했다.

'수의는 신인상을 받던 날 입었던 빨간색 실크 드레스로 해주세요. 제 마지막 메이크업은 단골 미용실 원장님이 해주

실 거예요.'

"말씀하신 대로 빨간색 실크 드레스를 입혀드렸습니다. 메이크업 마치고 원장님이 너무 아름답다고, 마치 전성기 때 모습 같다고 하셨답니다."

사실 미용실 원장이 계속 우는 바람에 사수로 함께 온 선배 엔딩플래너가 고인의 메이크업을 맡았다. 하는 수 없이 연우는 혼자 마당과 집안을 종종거리며 뛰어다녀야 했다.

'해가 지면 마당에 모닥불 피우는 거 잊지 마세요. 양평은 강바람이 세서 저녁에 쌀쌀하거든요. 모닥불에 고구마도 구워주세요. 그거 진짜 맛있어요. 저녁 먹고 나면 신인 시절을 함께했던 친구가 노래를 불러준다고 했어요. 댄스곡으로요. 모두 모여 신나게 춤을 추면 좋겠어요.'

연우는 입고 온 재킷을 벗고 장작을 옮겼다. 모닥불을 피워본 적이 없어 매캐한 연기를 잔뜩 마시고 나서야 겨우 불을 붙일 수 있었다. 새로 산 셔츠가 땀과 그을음으로 얼룩졌다.

처음에는 슬픔으로 굳어 있던 문상객들은 시간이 흐를수록 편안해졌다. 각자가 기억하는 배우이자 동료, 친구 이야기를 하며 시간 가는 줄 모르고 수다를 떨기 시작했다. 영혜의 데뷔 영상을 보며 웃기도 하고, 그녀가 찍은 마지막 영화가 국제영화제에 초청됐다는 소식을 나누며 기뻐하기도 했다.

장례식은 대체로 영혜가 말한 대로 진행됐다. 딱 하나, 영혜의 딸 지수만 빼고.

지수는 방에 틀어박혀 내내 피아노만 치고 있었다.

연우는 바쁜 와중에도 이층에 있는 지수의 방을 힐끔거렸다. 유족을 위로하고 그들이 다시 힘을 낼 수 있도록 도와주는 것도 엔딩플래너의 임무라고 배웠다. 하지만 뭘 어떻게 도와줘야 하는지, 이제 막 엔딩플래너가 된 신입은 알 수 없었다.

거실에서 노랫소리가 들려왔다. 최신 노래방 기기와 연결된 마이크를 들고 영혜 친구가 댄스곡을 부르기 시작했다. 사람들은 열린 거실 문을 통해 정원으로 나와 맨발로 잔디를 밟으며 춤을 췄다. 어둠이 내려앉기 시작한 마당에서 커다란 모닥불이 활활 타올랐고 사람들은 열기와 음악에 취해 분주하게 발을 움직였다. 그들의 웃음소리가 대문 너머까지 새어 나갔다.

비공개 장례식이라 대문 밖에서 대기하고 있던 기자들은 엄숙해야 할 장소에서 울려퍼지는 댄스음악과 웃음소리에 놀라 어리둥절한 얼굴로 카메라 뷰파인더를 들여다보았다.

이층에 있던 연우는 계단을 내려오며 마당을 살폈다. 영혜의 어머니가 기분이 좋은지 음악에 맞춰 몸을 흔들고 있었다.

그때 사람들 사이에서 낯익은 얼굴이 눈에 들어왔다. 마래였다. 그녀가 불안한 얼굴로 서성거리고 있었다. 원래 연우와 함께 이곳에 오기로 되어 있었는데 환절기에 고령의 회원이 급사했다며 급하게 일정을 바꾼 터였다.

연우는 반가운 마음에 마래를 향해 다가갔다. 하지만 마래는 연우를 보지 못한 듯 계단으로 뛰어올라갔다.

그 모습을 보며 연우는 이상하게 등줄기가 뻣뻣해지는 기분이었다. 장례식의 드레스코드에 관해 이야기하며 뭘 입고 가야 할지 모르겠다는 연우에게 밝은색 재킷에 행커치프를 하라고 조언했던 사람이 바로 마래였다. 그런 그녀가 검은색 정장을 입고 나타난 것이었다. 무엇보다 그녀의 눈빛이 평소와 달랐다.

연우는 마래를 뒤따라갔다. 이층으로 올라가자 빼꼼 열린 방문 틈새로 침대에 앉아 있는 지수가 보였다. 마래는 그 앞에서 초조하게 서성거리며 말을 쏟아내고 있었다.

"이 우주에만 몇 번을 왔는지 알아? 아니, 아무리 돈이 많아도 그렇지. 생전생애 체험을 도대체 몇 번이나 더 하려는 거야?"

"플래너님이 그러셨잖아요. 죽음에 순서가 없다고. 나이가 어리다고 나중에 죽는 건 아니라면서요."

마래는 앞으로 어디로 튈지 모르는 십대는 절대 맡지 않겠다고 다짐하고 또 다짐했다.

"이제 그만 돌아가자. 이 우주의 지수는 오늘 어머니를 잃었어."

"그 지수가 곧 죽을지도 몰라요. 하도 안티들에게 시달려서. 그 고통은 당해보지 않은 사람은 모른다니까."

"그게 무슨 말이야? 죽는다니?"

마래가 놀란 목소리로 물었다.

"여기 엄마는 자기 딸이 바뀐 걸 알고 있었어요. 오늘 내가 올 거라는 것도 알았을 거예요. 자기는 곧 죽으니까 지수를 부탁한다고 했거든요."

"최영혜 님한테 말했어? 네가 다른 우주에서 왔다고?"

마래가 펄쩍 뛰며 화를 내자 지수는 억울해했다.

"바로 알아보던데요. 자기 딸은 일곱 살 때 이후로 피아노를 안 쳤대요. 내가 아무리 시치미를 떼도 연기하는 거 다 티난다는데 어떡해요. 연기자들은 딱 보면 안나."

지수는 자기 연기가 그렇게 어색했냐며 툴툴거렸다.

그렇게 말하는 지수의 몸은 참 믿음직한 상조회사의 생전 생애 체험실에 누워 있었다. 의식만 이 우주의 지수에게 전송되었다. 이 우주에 사는 지수는 자신이 꿈을 꾸고 있는지,

혹은 현실인지 자각하지 못하는 상태로 움직이고 있었다. 하지만 의식이 완전히 장악된 건 아니어서 위협을 느끼는 순간 원래 의식이 깨어나며 체험이 중단될 수 있었다.

마래는 이런 상황에서도 지수의 의식이 깨어나지 않고 있는 것이 의아했다.

"여기에 사는 지수는 자기가 어떻게 되든 상관없나봐요."

"어머니가 돌아가신 지금도 상관없을까?"

지수가 천진한 얼굴로 고개를 끄덕거렸다.

"그러니까 이런 걸 썼겠죠."

그러고는 책상 서랍을 열어 종이 한 장을 꺼내더니 마래에게 건넸다. 이제 그만 쉬고 싶다는 내용의 유서였다. 이 우주에 사는 지수는 평소 SNS를 통해 팬들과 활발하게 소통을 했다. 하지만 안티들이 그 점을 이용해 날조된 영상을 만들어 유포하고 지속적으로 온라인 활동을 감시하며 스토킹했다.

마래가 나직이 앓는 소리를 냈다. 상황이 심상치 않게 흘러가고 있었다.

"여기 엄마도 자기 생각만 하는 건 똑같네. 장례식을 파티로 치르면 남은 가족은 어떡해요? 울고 싶어 미치겠는데 어디 가서 내 마음을 알아달라고 해요?"

마래는 지수가 걱정스러웠다. 이 우주에 사는 지수와 자신을 지나치게 동일시하는 것 같았다.

"안타깝지만 우리가 도와줄 순 없어."

"저도 그럴 생각은 없어요. 그냥 피아노가 치고 싶었을 뿐
이에요."

마래는 이제야 대화가 통하는 것 같아 안도의 한숨을 내쉬
었다.

"그래그래. 피아노 다 쳤으면 그만 갈까?"

"이제 플래너님 도움은 필요 없어요. 내가 알아서 할게요."

"뭘 알아서 한다는 거야?"

지수가 눈 하나 깜짝하지 않고 말했다.

"어차피 여기 지수는 죽으려고 하잖아요. 내가 이 몸을 가
질래요."

사실 마래는 이곳에 오기 전부터 지수가 돌아가지 않겠다
고 고집을 부릴지도 모른다고 생각했다. 사고나 상실을 겪어
다시는 예전 모습으로 돌아갈 수 없게 된 사람에게 종종 일
어나는 일이었다.

벌써 약속된 세 시간이 다 되어가고 있었다. 마래는 지수
에게 생전생애 체험이 강제로 종료되면 원격 전송에 예기치
못한 문제가 발생할 수 있다고 누차 경고했다.

"여기 남고 싶은 마음은 충분히 이해해. 하지만 이젠 생전

생애 체험을 마무리하고 돌아가야 해."

계약서에는 체험자가 일방적으로 계약 사항을 위반했을 때 발생하는 사고에 대해서는 회사가 어떠한 책임도 지지 않는다고 명시되어 있었다.

지수는 왼손으로 오른손을 움켜쥔 채 마래의 눈을 피했다. 전혀 귀담아듣지 않는 눈치였다.

"사고가 났을 때 우리 엄마는 이만하길 다행이라고 했어요. 내가 괜찮지 않은데, 오른손을 잃었는데 뭐가 다행이라는 거죠? 병원으로 찾아온 감독님에게 촬영이 무기한으로 밀려 미안하다고 했다고요. 어떻게 그런 말을 내 앞에서 할 수 있어요? 내가 뭘 그렇게 잘못했냐고요!"

최악의 상황이었다. 이대로 원격 전송이 비정상적으로 중단되면 지수의 의식은 원래 몸으로 돌아가지 못할 수도 있었다. 그렇게 되면 지수는 이 우주에 갇혀 자신이 어디에서 왔는지, 누구인지조차 헷갈리며 혼란스러워할 수 있었다.

그때였다. 지수가 날카로운 비명을 질렀다.

"악!"

연우가 방문을 벌컥 열었다. 방안에는 지수만 있고 마래는 보이지 않았다.

"권마래 엔딩플래너는요?"

"모르겠어요. 방금까지 앞에 있었는데 사라졌어요."

지수가 겁에 질린 채 울먹였다.

"겨우 내 손을 되찾았는데. 난 절대 돌아가지 않을 거예요!"

봄, 누군가에게는 가혹한 계절

마래는 만물이 생동하는 계절인 봄이 싫다. 엔딩플래너로 일하기 전에는 사계절 중에 봄을 가장 좋아했다. 따스한 햇볕, 한결 가벼워진 옷차림, 긴 겨울잠에서 깨어난 생명들이 여기저기서 기지개를 켜는 이 계절을 싫어할 사람이 있을까 싶었다.

엔딩플래너가 되고 나서 알았다. 봄은 생명의 계절이지만 누군가에게는 가혹한 계절이기도 하다. 일교차가 커서 심혈관 질환으로 인한 돌연사가 증가하고, 화사한 날씨에 도리어 우울증 환자가 늘어나면서 자살률이 가장 높은 계절이기도 하다.

지수의 평행우주는 또 늘어나 536,870,912,623,489개가 되었다. 아이고, 많기도 해라. 아직 열여섯 살인데 이 정도로 많은 선택을 한 인생은 어땠을까? 어떤 사람은 열아홉 살에 겨우 512개라는 소문이 있던데……. 무엇이 좋고 나쁘다고 단정할 수는 없지만 두 사람 다 평범하지 않은 건 확실했다.

생전생애 체험은 의식이 다른 우주로 원격 전송되는 경험이다. 의식이 안정적으로 이동하기 위해서는 회원이 전송 과정에 능동적으로 참여해야 한다. 그렇지 않고 강제로 전송되면 의식이 원래 몸으로 온전히 돌아가지 못할 수도 있다. 그렇기에 마래는 가능한 한 지수가 스스로 돌아가려고 할 때까지 기다려주었다. 하지만 계약된 시간이 다 끝나가도록 지수는 이 우주를 떠날 생각이 없어 보였다.

마래는 지수의 평행우주를 몇 군데 살펴보다 새로운 목적지를 설정했다. 억지로 데려갈 수 없다면 지수를 설득하기 위한 무언가를 찾아와야 했다.

*

연우는 마래에게 무슨 일이 생긴 건 아닌지 걱정이 되었다. 지수가 몇번째 평행우주를 체험하고 있는 건지 알 수 없었지만 자정이 넘은 시각까지 돌아가지 않은 것만 봐도 일이 단단히 잘못되었다는 걸 알 수 있었다.

마래가 눈앞에서 사라지자 지수는 눈에 띄게 불안해했다.

"연기 외엔 하고 싶은 게 없었어요. 엄마는 교복 입고 다닐 때 할 수 있는 일들을 해보라고 했지만 나는 '어떻게 하면 연기를 잘할 수 있을까?' 하는 생각밖엔 없었어요."

지수가 예전 기억을 떠올리며 얼굴을 찌푸렸다.

"다 내 욕심이었어요. 나보다 훨씬 재능 많은 사람도 있었을 텐데 그 기회를 빼앗아서 벌받았나봐요."

다른 사람의 기회를 빼앗은 걸로 치면 연우도 할말이 없었다. 다른 우주에서 온 사람이 참 믿음직한 상조회사 광고를 찍고, 들어가기가 바늘구멍보다 어렵다는 회사에 입사했다. 그 과정에서 이런저런 논란을 불러일으키며 곱지 않은 시선을 받았다.

물론 정식으로 입사 시험을 봤다. 1차에서 체력검정을 치렀고 2차에서 인적성 검사를 거쳤다. 최종인 3차 직무능력 검사에서는 자신의 평행우주로 가서 얼마나 순발력 있는 상황판단을 하고 어떻게 위기에 대처하는지를 종합적으로 평가받았다. 1, 2차에서 현저히 점수가 낮았던 연우는 마지막 3차에서 점수를 끌어올리며 최종 합격자 명단에 이름을 올렸다.

연우는 쫓기는 심정으로 참 믿음직한 상조회사에 입사했

다. 더이상 아버지가 없는 그 우주에서 살아갈 자신이 없었다. 아버지의 죽음이 다 자기 탓인 것 같았다. 아무리 생각해도 일을 나간 지 일주일도 안 된 사람이 왜 죽어야 했는지, 경력자도 힘들다는 고층 외벽 작업을 왜 생초보가, 그것도 혼자 해야 했는지 이해가 되지 않았다.

장례가 끝나고 연우는 아버지가 다녔던 건설회사에 연락을 했다. 하지만 날 선 반응만 돌아왔다.

"소송? 하고 싶으면 해! 합의금 다 줬는데 우리가 뭘 더 해줘야 해? 그 사람 때문에 손해 본 게 얼마인지 알아? 고소공포증이 있었다며? 우리한테 그런 말 한 적 없다니까. 오히려 우리가 소송할 판이라고!"

외할아버지가 이미 회사에서 건넨 합의금을 받았다는 걸 그제야 알았다.

"촬영할 때 안전장치가 돼 있긴 했어요? 사고 원인은 철저히 조사했대요? 며칠이나 밤샘 촬영을 한 거예요?"

연우는 지수의 사고가 스물아홉 시간 동안 무리하게 촬영을 강행하다 일어난 인재(人災)라는 기사를 본 적이 있었다.

"사고가 나고 촬영이 밀린 건 지수 님 잘못이 아니에요. 정해진 노동시간을 지키고 안전 수칙에 따랐더라면 일어나지 않았을 사고예요."

지수의 어깨가 가늘게 떨렸다.

"아무도 내 잘못이 아니라고 말해준 사람은 없었어요. 엄마도 감독님에게 고개를 숙이며 죄송하다고 했고요."

"돌아가신 영혜 님은 지수 님이 연기를 하겠다고 했을 때 반대한 것도, 힘들다고 울 때 약해질까봐 안아주지 못한 것도 후회가 된다고 하셨어요. 그래서 장례식만큼은 가족들에게 따뜻한 기억으로 남길 원하셨던 거예요."

지수가 오른손으로 눈물을 닦더니 연우의 손을 잡았다.

"꼭 다시 해보고 싶었어요. 자연스럽게 오른손으로 눈물 닦는 거, 내가 좋아하는 피아노곡을 양손으로 연주하는 거, 누군가의 손을 이렇게 잡아주는 거."

지수는 문 쪽으로 걸음을 옮겼다. 그러다가 뒤돌아서더니 연우를 보며 묘한 표정으로 씩 웃었다.

연우는 불현듯 알 수 없는 불안감에 사로잡혔다.

잠시 후 영혜가 누워 있는 안방에서 엄마를 부르며 울부짖는 소리가 들렸다. 다행이었다. 지수가 자기 우주로 돌아간 모양이었다.

열린 문 너머로 지수의 울음소리가 흘러나왔다. 그 소리를 듣고 영혜 친구가 노래를 부르다 말고 자리에 주저앉았다. 마당에서 춤을 추던 사람들이 삼삼오오 모여 서로를 부둥켜

안았다.

영혜 어머니는 어리둥절한 얼굴로 이층을 올려다보았다. 그러다가 제대로 가누지도 못하는 몸으로 휘청거리며 계단을 올라갔다. 영혜 남편이 재빨리 노모의 팔을 부축했다.

"영혜야, 네가 왜 이러고 누워 있어? 어떻게 엄마보다 먼저 갈 수가 있어. 아이고, 불쌍한 내 새끼."

잠깐 정신이 돌아온 어머니가 애끓는 소리를 토해내자 문상객들이 한꺼번에 울음을 터트렸다. 대문 밖에서 대기하고 있던 기자들도 소매 끝으로 눈물을 훔쳤고, 소란스러운 분위기에 숨죽이고 있던 개구리들도 목청이 터져라 울어댔다.

연우는 조용히 안방 문을 닫고 돌아섰다. 그때 지수의 방에 누군가 서 있는 것이 보였다. 처음에는 못 본 척 지나치려고 했다. 하지만 손에 무언가를 쥔 채 주위를 살피는 마래의 모습은 그냥 모른 척하기에는 꽤 수상했다.

"그게 뭐예요?"

책상 앞에 서 있던 마래가 화들짝 놀라며 소리를 질렀다.

"놀라게 하려던 건 아닌데 미안해요."

괜히 말을 걸었다는 생각에 연우가 얼른 사과했다.

"아무것도 아니에요."

마래는 손에 쥐고 있던 종이쪽을 재빨리 서랍 안에 넣었다. 그러고는 별거 아니라며 격하게 손을 저었다.

얼핏 보니 신문 기사 같았다.

"지수 님은 돌아갔어요."

마래가 남자의 재킷 가슴 주머니에 달린 금색 이름표를 확인했다.

엔딩플래너, 박연우.

저녁 내내 허둥지둥 왔다갔다하던 초짜 엔딩플래너가 뭔가를 해내긴 한 모양이었다. 근데 지수가 그렇게 쉽게 돌아갈 아이가 아닌데…….

마래가 바로 내비게이터로 지수의 위치를 확인했다.

"그럼 그렇지."

역시 다른 우주에 가 있었다. 열여섯 살 지수는 이미 신입 엔딩플래너의 머리 꼭대기에 앉아 있었다.

하, 그나저나 피곤하게 됐다. 다른 우주에서 지수가 안티들을 고소하고 승소한 과정을 담은 기사를 찾는 데 생각보다 시간이 오래 걸렸다. 음지에서 딥페이크 기술을 악용해 지수를 괴롭혀온 안티들의 범행 수법이 법정에서 낱낱이 드러났다. 그들은 허위 사실을 유포해 명예를 훼손한 죄로 오 년의 징역형을 선고받았다. 이 사건을 계기로 정보 통신 서비스를 제공하는 기업의 책임을 강화하는 법안이 만들어졌다. 이 우주에 사는 지수가 이러한 사례를 통해 어려운 상황을 타개할 실마리를 찾을 수 있길, 조금이나마 위안을 얻길 바랐다.

마래가 내비게이터에 좌표를 입력하다 말고 물었다.

"엔딩플래너 일 시작한 지 얼마 안 됐죠? 연수원에서 나온 지 두 달쯤 됐어요?"

연우가 소리 없이 입술만 우물거렸다.

"나 참, 회사는 무슨 생각으로 신입한테 출장 장례를 맡겼대요. 고참도 힘들어하는 일인데. 그리고 장작불까지 피우라고 하는 건 너무한 거 아니에요?"

마래의 말에 연우는 땀과 그을음으로 더러워진 자신의 셔츠를 내려다보았다. 회사에서 가라고 해서 왔고 하라고 해서 했지만 출장 장례가 이렇게 변수가 많고 힘든 일인 줄 미처 몰랐다.

마래가 단호한 목소리로 말했다.

"회사에서 시킨다고 무조건 다 하지 말고 못 하겠거나 아닌 것 같으면 말해요! 자기 자신을 지키는 게 회사 생활을 잘하는 길이에요."

연우는 자기도 모르게 고개를 끄덕거렸다.

다른 우주의 마래는 그 말을 남긴 채 떠났다. 영혜가 기획하고 주연한 장례식도 그렇게 끝이 났다.

연우의 귓가에 또다시 영혜의 목소리가 맴돌았다.

'오늘 정말 수고 많으셨어요.'

구름의 장례식

　뜨거운 열기가 아지랑이로 피어오르는 대로변 횡단보도 앞에서 퀀텀폰을 귀에 댄 마래가 목소리를 높였다.

　"네? 개 장례를 맡으라고요?"

　적도 부근에서 형성된 북태평양기단이 장맛비를 몰고 오는지라 가만있어도 땀이 줄줄 흘러내렸다. 마래가 셔츠 자락을 손으로 잡고 펄럭거리며 소리쳤다.

　"태영 님, 언제부터 우리가 반려동물 장례까지 맡았죠?"

　첫 사수라는 옛정을 생각해 꼬박꼬박 시키는 대로 했건만 조카에 이어 이제는 개까지 맡으란다.

　"그게…… 요즘 우리 회사 힘든 거 알죠?"

　잘 알다마다. 유명 배우인 최영혜의 장례식은 세간의 화제를 불러일으켰다. 무엇보다 그녀가 죽기 전 생전생애 체험을 하지 않았다는 사실이 알려지며 참 믿음직한 상조회사의 평행우주 체험에 대한 논란이 재점화된 상태였다.

평행우주 체험은 최첨단 과학의 산물인가, 아니면 고도의 기술이 만들어낸 환상인가? 참 믿음직한 상조회사가 내세우는 생전생애 체험은 비싼 가격만큼 가치가 있는가, 아니면 가진 자들을 위한 유희에 불과한가?

"기억나요? 서울 이촌동 화재 사건. 작년 이맘때 마래 님이 맡았었잖아요."

물론 마래는 똑똑히 기억하고 있었다. 지금까지 자신이 맡았던 일 가운데 다섯 손가락 안에 들어갈 만큼 잊을 수 없는 장례였으니까.

오래된 아파트에서 일어난 화재 사건이었다. 전기 누전으로 불이 났는데 천장에 있는 화재감지기가 작동하지 않아 피해가 컸다.

고인은 스물네 살 천지은.

처음 고인과 마주했을 때 마래는 자기도 모르게 뒷걸음쳤다. 고인은 불에 새까맣게 타서 형체를 알아볼 수 없을 지경이었다.

하루아침에 외동딸을 잃은 부모와 결혼한 지 얼마 되지 않아 아내를 떠나보낸 남편은 장례를 치르는 내내 슬픔에 겨운 울음을 터뜨렸다. 급기야 지은의 어머니는 호흡곤란이 와 응급실에 실려갔다.

지은은 결혼하기 전부터 몰티즈인 구름을 동생처럼 돌보며 애지중지 키웠다. 얼마나 사랑했는지 화재로 몸이 타들어가는 고통 속에서도 현관문을 열어 구름을 탈출시켰지만, 정작 본인은 빠져나오지 못했다. 그 때문에 평소 우울증으로 정신과 진료를 받고 있던 지은이 일부러 화재를 일으키고 자살한 건 아닌지 의심을 받기도 했다.

민영 방산업체를 운영하는 지은의 아버지는 서울의 대형 병원에서도 가장 큰 장례식장에 딸의 빈소를 차렸다. 사고 소식이 보도되면서 대형 디지털 추모 게시판에 고인을 기리는 메시지와 함께 이름난 기업들의 로고가 줄줄이 이어졌다. 그녀의 아버지는 딸의 황망한 죽음을 받아들이기도 전에 정재계 인사들의 조문을 받느라 정신이 없었다.

빈소에는 지은의 남편인 스물일곱 살 김윤기가 앉아 있었다. 그는 아내의 영정사진 앞에서 애통한 울음을 토해내 보는 이들을 안타깝게 했다. 게다가 사건 조사가 동시에 이루어지며 형사와 공조한 기억 때문에 마래에게는 여러모로 잊을 수 없는 장례였다.

"구름이 나이가 많은데다 사고 이후 건강이 좋지 않았대요. 아내가 가족같이 여기던 개가 아파하는 게 보기 괴롭다고 동물병원에 맡겨 안락사를 준비중이래요. 남편이 비용은 똑같이 내겠다면서 장례를 의뢰했어요. 구름이 눈을 보면 아내가 떠오른다고, 아내의 영혼이 개에게 들어간 게 틀림없다면서."

태영은 미적미적 설명을 이어가다 황급히 말을 돌렸다.

"그때 아버지가 딸이 화재로 죽었으니 화장은 절대 안 된다고 했다면서요?"

"그랬죠. 경기도 광주에 땅이 있어서 거기에 매장하고 봉분을 만들었죠. 근데 왜요?"

"남편이 그 땅을 급하게 팔게 됐대요. 장마가 시작되기 전에 매장된 시신을 꺼내 화장하겠다고 그 일도 같이 처리해달래요."

"태영 님도 알다시피 그 일 끝내고 저 며칠 동안 앓아누웠었잖아요. 근데 파묘를 하고 화장까지 맡으라고요? 아무리 고객이 요청해도 그렇지, 그런 일까지 우리가 해야 하는 거예요?"

마래가 빽 소리를 질렀다. 태영이 하소연을 늘어놓았다.

"요즘 위에선 매출이 줄었다고 자꾸 쪼고 밑에서 후배들은 힘들어서 못 하겠다고 하고. 나도 중간에서 죽겠다고요."

"그러면 태영 님이 해요. 저도 못 하니까!"

"연우랑 해요."

"네?"

"회사에서 연우한테 새로운 프로젝트를 맡기라는데 걔는 아직 회사 생활에 적응도 못 했잖아요. 그러니까 왜 최영혜한테 생전생애 체험 한번 시키지 못해서 이 난리를 만드냐고요."

마래는 태영의 푸념을 듣다가 심기가 불편해졌다. 회원이 생전생애 체험을 선택하지 않을 수도 있지. 어디 이 일을 하루이틀 하나! 게다가 이제 막 연수를 마친 신입인데 가뜩이나 변수가 많은 출장 장례에 바로 투입한 건 말도 안 되는 일이었다.

"태영 님, 진짜 조카를 걱정하긴 하는 거예요? 처음부터 연우를 회사 홍보에 써먹으려고 데려온 건 아니죠? 아무리 다른 우주라고 해도 사고로 아버지를 잃은 애로 알려져서 좋을 게 뭐가 있어요? 왜 굳이 연우를 데려와서 엔딩플래너 일을 시킨 거냐고요!"

"후배를 사수하는 당신은 진정한 사수!"

허, 또 말 돌리네.

"그럼 잘 부탁할게요."

태영은 자신이 하고 싶은 말만 내뱉고는 전화를 끊었다.

마래는 작년에 있었던 지은의 입관식을 떠올렸다. 아내의 입관이 끝나자마자 남편은 밝은 목소리로 '그럼 잘 부탁할게요'라고 말하고는 복도로 나갔다. 남 이야기를 하듯 무심하던 그의 말투와 표정이 떠오르자 한여름인데도 몸서리가 쳐졌다.

이미 횡단보도의 신호등은 초록색으로 바뀌었지만 마래는 그 자리에서 한 발짝도 움직일 수가 없었다.

*

"난 네 가지 없는 사람을 싫어해요!"

마래의 뜬금없는 네 가지 타령에 연우는 눈만 끔뻑거렸다.

"사람으로서 갖추어야 할 네 가지 마음가짐이요. 어려운 상황에 처한 사람을 보면 자연히 우러나는 측은한 마음, 인(仁). 부당한 일을 부끄러워하고 악한 일을 미워할 줄 아는 마음, 의(義). 남을 공경하고 배려할 줄 아는 마음, 예(禮). 옳고 그름을 분별할 줄 아는 마음, 지(智)."

연우는 웃음이 새어나오려는 걸 애써 참았다. 어려운 상황에 처한 사람을 측은해하다 못해 몸소 나서 구제하려다 일이

꼬이거나, 부당한 일을 집요하게 파고들다가 그 의도를 의심받고, 선배들에게 '이건 아니잖아요!' 하며 참 가르침을 내리다 종종 예의 없다는 말을 들으며, 하도 옳고 그름을 따지는 바람에 드센 사람이라는 소문이 자자하니…… 네 가지가 뭐 하나 빠지는 거 없이 넘치는 마래였다.

"태권도 배웠다면서요?"

"검은띠를 따긴 했는데 그게 초등학교 4학년 때라……."

"잘됐다. 그럼 가요!"

"가요? 어디를요?"

"평행우주에 간 개 이야기는 들어본 적 없죠? 나도 처음이에요. 와, 신난다!"

어쩌면 저렇게 영혼 없이 웃음기 쏙 빠진 얼굴로 말할 수 있는지……. 연우는 보면 볼수록 마래가 신기했다.

"개가 생전생애 체험에 동의했대요? 개 서명은 뭐예요? 발자국인가요?"

마래는 연우의 말을 듣는 둥 마는 둥 하며 현재 구름이 있는 곳으로 좌표를 입력했다.

다시 만난 언니

구름은 힘없이 누워 동물병원 창문 너머를 바라보았다. 커다란 플라타너스 잎새 사이로 오렌지색 노을이 쏟아져들어왔다. 그러다가 갑자기 사납게 컹컹 짖어댔다. 구름의 눈에는 누르스름하게 보이는 저 색이 불이 났던 날 집안에 가득했었다. 이제 열두 살, 인간 나이로 육십대에 접어든 구름이 그 빛을 바라보며 몸을 바들바들 떨었다. 그날 이후 언니를 만나지 못했다.

그리운 냄새를 떠올렸을 뿐인데 구름의 눈앞이 흐릿해지더니 몸이 떠오르는 것 같았다. 어느새 구름은 언니와 자주 산책하러 나가던 집 앞 공원에 앉아 있었다. 갑자기 두려움이 밀려들었다. 이 나이쯤 되니 눈도 침침하고 이빨도 영 시원찮아 입맛이 없었다. 산책을 나갔다가 집으로 돌아올 체력이 바닷날까봐 걱정부터 앞섰다. 얼마 전부터 조금만 걸어도 발목이 시큰거리는데다 화재 사고 이후로는 숨쉬기조차 힘겨워졌다.

금방이라도 소나기가 쏟아질 것 같은 후덥지근한 여름날 늦은 오후였다. 구름이 혀를 길게 내밀고 가쁜 숨을 헐떡거렸다.

"구름아, 왜 그래. 어디 아프니?"

이 소리는 설마…… 언니? 구름이 자리에서 벌떡 일어나 코를 킁킁거렸다. 한 번도 잊은 적 없는 언니 냄새였다.

언니가 구름을 덥석 안아 올렸다.

"오늘따라 많이 힘들어 보이네. 구름아, 어디 안 좋아?"

구름은 반가운 나머지 언니 품에 안긴 채 오줌을 지렸다. 영구치가 난 이후 언니 품에서 오줌을 싼 건 처음이었다.

"어머, 구름아! 너 진짜 왜 그래."

언니가 구름을 바닥에 내려놓으며 걱정스러운 목소리로 말했다.

구름은 그 자리에서 폴짝거리며 언니 주위를 맴돌았다.

지난 일 년 동안 이렇게 뛰어본 적이 있었던가. 탄탄한 뒷다리에 힘을 주고 공중으로 뛰어오르자 신선한 공기가 건강한 폐 속으로 밀려들어왔다. 숨을 쉴 때마다 가슴을 조여오던 통증이 느껴지지 않았다. 마치 새로 태어난 기분이었다.

몸이 타들어갈 것 같은 열기로 가득했던 그날을 구름은 잊을 수 없었다.

자정이 훌쩍 넘은 시각, 구름은 작은방에서 자고 있었다. 윤기가 아직 집에 돌아오지 않은 밤이었다.

윤기는 구름이 자신들과 한방에서 자는 걸 싫어했다. 지은은 안방 건넛방을 구름의 방으로 꾸며주었다. 연푸른색 벽지에 구름 모양 스티커를 붙이고 구름이 걷기 편하도록 러그를 깔았다. 그 위에 문을 열었다 닫았다 할 수 있는 직사각형 서클을 쳤다. 밤이면 구름은 서클 안에 있는 쿠션 베드에서 잠들었다.

그날 구름은 창문을 때리는 빗소리에 쉽게 잠을 이루지 못했다. 윤기가 언제 들어와 잠든 자신을 발로 찰지 몰라 경계하고 있었다.

그때 방문 너머에서 무슨 소리가 들렸다. 거실 창문이 열리며 물비린내가 훅 끼쳤다. 구름이 코를 킁킁거리며 냄새를 맡았다. 비 냄새에 덮이긴 했지만 사람의 체취였다. 낯선 사람이 집안에 있는 게 분명했다. 귀가 저절로 뒤로 처지고 꼬리가 아래로 말려들어갔다.

구름이 닫힌 안방 문을 향해 왈왈 짖어댔다. 하지만 언니는 깊이 잠들었는지, 천둥 번개가 섞인 요란한 빗소리 때문인지 방에서 나오지 않았다.

잠시 후 열린 문 틈새로 연기가 새어들었다. 매큼한 연기가 코끝을 아리게 했다. 구름은 서클 안을 뱅뱅 돌며 몇 번이나 뒷다리에 힘을 주어 뛰어올랐지만 소용없었다. 불길이 벌써 천장까지 치솟아올라 소파로 불똥이 떨어졌다. 연기 때문에 캑캑 기침만 나올 뿐 울음소리도 잘 나오지 않았다. 그래도 구름은 짖는 걸 멈추지 않았다.

구름이 짖는 소리에 지은은 잠에서 깨어났다. 연기가 자욱한 방안에서 연신 기침을 했다. 몸이 물을 잔뜩 먹은 스펀지처럼 무거워 일어날 수가 없었다. 겨우 정신을 차리고 기다시피 다가가 안방 문손잡이를 돌리려다 비명을 질렀다. 손잡이가 벌겋게 달아올라 있었다. 지은은 비틀거리며 안방 화장실로 들어가 수건을 물에 흥건히 적시고는 코를 막고 구름이 있는 방으로 건너갔다. 그러고는 젖은 수건으로 구름을 감싸안았다.

축축한 수건으로 눈이 가려진 구름은 그때부터 아무것도 볼 수 없었다. 언니가 걱정됐지만 할 수 있는 건 그저 언니를 꽉 붙드는 것뿐이었다.

뜨거운 연기와 열기를 피하려고 지은이 몸을 바짝 낮추었다. 그러다가 얼마 못 가서 날카로운 비명과 함께 몸을 마구 털어댔다.

구름이 수건 밖으로 나오려고 발버둥칠 때마다 지은은 더욱더 팔에 힘을 주었다. 또다시 얼마 못 가 고통스러운 신음을 토하며 바닥에 쓰러졌다. 구름이 놀라 짖었지만 지은은 일어나지 않았다.

언니, 우리 나가자. 제발 일어나, 언니!

구름이 짖는 소리에 지은은 안간힘을 쓰며 몸을 일으켰다. 잠시 후 띠링, 현관문 여는 소리가 들렸다.

지은이 젖은 수건으로 감싼 구름을 온 힘을 다해 문밖으로 내던졌다. 그 순간 산소와 만난 불길이 불기둥으로 변하며 순식간에 현관문 밖으로 치솟았다. 구름이 간신히 수건 밖으로 빠져나왔을 때 현관문은 닫혀 있었다.

몇 주 동안 구름은 동물병원에 입원해 집중 치료를 받았다. 새하얀 털은 그을음 때문에 잿빛으로 변했고, 재와 먼지가 폐에 가득 쌓였다고 했다. 수의사는 얼마 살지 못할 거라고 했지만 구름은 그 상태로 일 년을 버텼다. 무기력하게 누워 언니를 기다렸다.

언제나 옳은 선택만 할 수는 없다

　마래와 연우는 장마를 앞두고 층운이 무겁게 내려앉은 아파트 앞 공원에 들어섰다. 바닥 분수에서 시원한 물줄기가 뿜어져나오고 어린애들이 머리끝에서 발끝까지 푹 젖은 채 깔깔거리며 물줄기 사이를 돌아다녔다.

　공원 한쪽에서 지은이 구름과 눈을 맞추며 놀고 있었다. 구름은 정성스럽게 빗질한 하얗고 탐스러운 털을 휘날리며 뛰어다녔다. 앞발을 들고 껑충 뛰어오를 때마다 환하게 웃는 지은의 얼굴에 군데군데 시커먼 멍자국이 남아 있었다. 연우는 지은이 이 더운 날씨에 머리를 길게 늘어뜨린 채 긴소매 옷을 입고 있다는 걸 알아차렸다.

　마래가 미리 준비한 개껌을 꺼내들고 구름에게 다가갔다.

　"개가 참 예뻐요. 몰티즈죠?"

구름이 좋아하는 껌이었다. 구름은 호기심 어린 까만 눈을 빛내며 풍성한 꼬리를 흔들었다.

"사람도 잘 따르네요. 아이, 귀여워라."

마래가 한 걸음 더 다가가자 구름이 지은 곁에 바짝 붙어 낮은 소리로 으르렁거렸다. 그러다가 이빨을 드러내놓고 사납게 짖어댔다.

갑작스러운 구름의 행동에 지은이 당황해하며 목줄을 바짝 잡아당겼다.

"구름아, 너 오늘 왜 그래. 미안해요. 놀라셨죠?"

"괜찮아요. 구름이가 오랜만에 언니를 만나 반가워서 그런가봐요."

순간 지은의 눈빛이 불안하게 흔들렸다. 구름을 대할 때 자신의 호칭이 언니라는 걸 이 낯선 여자는 어떻게 알았을까?

"아빠가 보냈어요? 우리 아빠가 나 어떻게 지내는지 알아보래요?"

이럴 때는 지금까지 경험으로 미루어보아 그냥 그런 척하는 게 나았다. 마래가 덤덤하게 대답했다.

"맞아요. 아버님이 보내셨어요."

그러자 지은이 매섭게 노려보며 쏘아붙였다.

"아빠가 하라는 대로 없는 사람처럼 살고 있잖아요. 뭘 더 어떻게 해야 해요? 내가 죽어야 끝나나요? 그게 더 나을지도 모르겠네요. 차라리 내가 죽으면 모두가 편할지도 모르겠어요."

"정말로 죽고 싶으세요?"

지은이 헛웃음을 지었다. 그러고는 구름을 낚아채듯 끌어안고 아파트 단지 쪽으로 걸음을 재촉했다. 마래가 바쁘게 걸어가는 지은의 뒤를 종종걸음으로 쫓았다.

"천지은 님, 다른 우주에서 당신은 이미 죽었어요."

"마래 님!"

지금까지 옆에서 지켜보고만 있던 연우가 새파랗게 질린 얼굴로 마래를 불렀다.

"우린 이 우주에 영향을 끼치거나 정보를 공유하면 안 되잖아요?"

태영이 연우를 자신들의 우주로 데려가자고 했을 때, 마래가 태영에게 했던 말이었다.

"나도 이 선택이 어떤 결과를 가져올지 몰라 두려워요. 하지만 언제나 옳은 선택만 할 수는 없어요."

지금까지 마래는 수많은 이들이 자신이 한 선택을 후회하며 되돌리려고 하는 모습을 지켜봐왔다. 그들은 잘못된 선택을 되돌릴 수만 있다면 어떤 대가를 치르더라도 상관없다고 말했다. 마래 역시 지금 이 순간의 선택이 과연 최선의 선택일지 확신할 수 없다. 하지만 누군가 억울하게 죽었을지 모르는데 귀를 막은 채 눈감고 있을 수만은 없었다.

지은은 벌써 아파트 현관에서 비밀번호를 누르고 있었다. 지체할 시간이 없었다. 닫힌 유리문 너머로 엘리베이터가 일층으로 내려오고 있는 게 보였다.

마래가 다급하게 소리쳤다.

"장마철 누전으로 인한 화재 사고였어요. 당신 아버님은 대형병원 장례식장에서 조문을 받느라 정신이 없으셨죠. 당신 남편은 사망 보험금을 챙겼고, 일 년이 지난 지금 당신이 묻혀 있는 경기도 광주의 땅을 팔려고 해요."

엘리베이터 문이 열렸다. 지은이 열림 버튼에 손을 갖다 댄 채 마래를 돌아보았다.

"사람들은 당신이 일부러 불을 내고 자살한 게 아닌가 의심했어요. 하지만 전 그렇게 생각하지 않아요. 당신은 살고 싶어했어요. 어떻게 해서든 그 불길에서 빠져나오려고 했잖아요. 상황이 여의치 않자 구름이만이라도 살리려고 문밖으로 내보냈고요. 지금 안고 있는 구름이가 그 사고에서 당신이 살린 아이예요."

지은이 여전히 믿지 못하겠다는 듯 구름과 마래를 번갈아 바라보았다.

"잠깐이면 돼요. 제가 다 설명해드릴게요."

마래는 연우에게 구름의 목줄과 개껌을 들려 산책을 보냈다. 그러고는 지은과 공원 벤치에 앉았다.

마래의 이야기를 들으면서 지은의 얼굴이 슬픔과 절망으로 얼룩졌다.

"제 이야기를 믿어주시면 좋겠지만 믿기 어려우실 거라고 생각해요. 그런데도 굳이 구름이 평행우주에 따라와서 이런 이야기를 들려드리는 건 억울한 죽음의 진상을 밝혀내고 싶어서예요. 제가 사는 세계의 지은 님이 미처 전하지 못한, 구름이가 다 보고 들었지만 알리지 못한 사실이 무엇인지 밝혀내고 싶었어요."

"당신 세계에서 진짜 제가 죽었나요?"

마래가 금방이라도 울 것 같은 얼굴로 대답했다.

"네……. 이 세계에선 억울하게 돌아가시면 안 돼요."

고인은 이목구비를 알아볼 수 없을 지경인데도 절규하는 것처럼 입을 벌리고 있었다.

마래는 살아생전 고인의 삶이 어땠는지 모른다. 그런데 때론 고인의 마지막 모습에서 삶의 모습이 고스란히 드러날 때가 있다. 고인의 비명 소리가 귓가에서 쟁쟁거리는 것 같아 마래는 귀를 틀어막았다. 그날 밤 무슨 일이 있었는지 뭐라도 알아내고 싶었지만 그을린 피부는 손만 대도 힘없이 바스러져버렸다. 하는 수 없이 흰 천으로 덮은 채 입관식을 진행했다.

응급실에 실려간 어머니는 참석하지 못했고 아버지는 오열하다 누군가의 손에 이끌려나갔다. 그 바람에 남편만 남게 되었다. 영정 앞에서 곡을 하던 남편이 무표정한 얼굴로 아내를 내려다보았다. 그러다가 입관이 끝나자 한껏 경쾌한 목소리로 인사를 하고 밖으로 나갔다. 적막한 복도에서 남편이 누군가와 통화를 하며 웃는 소리가 들려왔다.

마래는 다시 한번 사망진단서를 훑어보았다. 단순히 '화재 사고로 인한 사망'이라고 하기에는 뭔가 석연치 않았다. 죽은 사람은 자기 이야기를 하지 못하지만 거짓말도 하지 않는다. 살아 있는 사람은 고래고래 소리를 지르며 억울함을 호소하지만 때로 진실을 속이고 거짓을 말한다.

미처 말하지 못한 게 있는 듯 입을 벌린 고인의 모습과 고통스럽게 죽은 부인을 두고 아무렇지 않게 웃던 남편의 태도가 이해되지 않아 마래는 장례가 끝나고 며칠을 앓아누웠다. 한여름인데도 몸이 덜덜 떨릴 정도로 한기가 스몄고 가슴은 불길이 옮겨붙은 듯 타들어갔다. 왜 그렇게 아팠는지 지금껏 그 이유를 알지 못했다.

막상 여기 와서 살아 있는 지은의 얼굴을 보니 알 것 같았다. 그렇게 보내면 안 되는 사람을 보낸 것이 마음 쓰였다. 왜곡된 부분이 있었다면 지금이라도 바로잡아야겠다는 생각뿐이었다.

"남편과는 대학 신입생 때 소개팅으로 만났어요. 남편은 세 살 연상의 복학생이었는데 나밖에 모르는 착한 사람이었어요. 우린 부모님 반대에도 불구하고 졸업도 하기 전에 서둘러 결혼했어요. 사실 아빠에게서 빨리 벗어나고 싶었거든요. 아빠는 군 장교 출신인데 분노 조절이 안 돼 저는 어려서부터 많이 맞았어요. 강압적인 집안 분위기도 싫었고요."

지은이 말을 이었다.

"대학 졸업반 때 남편은 취업이 잘 안 됐어요. 아빠가 자기 회사에 들어오라고 했는데, 그 사람이나 저나 자존심이 있어 그러기는 싫다고 거절했어요. 난 아직 학생이라 엄마한테 용돈을 받고 있었어요. 우린 그 돈으로 생활을 이어갔고, 보다 못한 엄마가 집을 사주고 엄마 명의로 된 땅도 물려줬어요. 그 사실을 안 아빠는 노발대발 화를 냈고요. 능력이 부족하면 노력이라도 해야 하는데 공짜로 얻으려고만 하는 거지근

성이라고 폭언을 퍼부으면서요. 그런데도 남편이 아빠 회사에는 들어가지 않겠다고 하자 엄마와 내가 보는 앞에서 때렸어요. 그럴 때 아빠를 말릴 수 있는 사람은 아무도 없거든요. 그후로 남편은 저에게 부모님 욕을 하며 화를 쏟아붓기 시작했어요. 그 때문에 저는 정신과 진료를 받고 있고요."

지은이 주위를 둘러보고는 목소리를 낮췄다.

"아파트 관리사무소에 언제 누전 검사를 했었는지, 그때 이상은 없었는지 물어보세요. 제 명의로 사망 보험금을 받았다고 했죠? 전 생명보험에 가입한 적이 없는데, 어떻게 제 명의로 된 보험금을 받았을까요?"

지은은 쓸쓸한 얼굴로 고개를 숙였다.

"제가 죽었다면 아파트와 광주 땅은 남편이 상속받았겠네요. 저는 외동딸이라 부모님 재산도 남편이 상속받게 될 테고요. 그렇게까지 나쁜 인간은 아니라고 믿고 싶지만 그 부분을 계속 추궁해보세요. 그 사람이 은근히 소심하고 마음이 약해서 강하게 밀어붙이면 겁을 먹고 사실대로 말할 거예요."

"고맙습니다. 어려운 말씀 해주셔서요."

"여기까지 찾아와줘서 고마워요."

"저희를 여기로 데리고 온 건 구름인걸요."

지은이 이름을 부르자 구름은 긴 털을 휘날리며 달려왔다.

연우는 목줄을 잡은 채 조그만 구름에게 질질 끌려왔다. 아휴, 태권도 유단자라는 애가 저렇게 완력이 약해서야…….

"우리 구름이가 언니를 지켜주려고 그랬구나. 고마워, 구름아."

지은이 구름을 끌어안고 얼굴을 비벼댔다. 구름이 꼬리를 흔들며 언니 품에서 벗어나려 몸을 버둥거렸다. 지은이 바닥에 내려놓자 구름은 껑충거리며 언니 주위를 빙빙 돌았다.

지은도, 구름도 이게 마지막 인사라는 걸 잘 알고 있는 듯했다.

껌종이 사건

자신의 우주로 돌아오자마자 마래는 지은이 화재로 죽은 아파트로 향했다. 관리사무소에서는 장마철을 앞두고 누전 검사를 했었고, 사고 직후 경찰이 그 사실을 파악했었다고 확인해주었다.

마래는 아파트 정문을 터벅터벅 걸어나왔다. 그러다가 고개를 드니 단지 입구의 오래된 상가 건물이 눈에 들어왔다. 동네 소식을 듣는 데는 미용실이나 부동산이 제격이었다. 하지만 미용실은 손님으로 발 디딜 틈 없이 북적거렸고, 부동산에는 사람이 아무도 없었다. 하는 수 없이 마래는 '보수', '수리', '도장'이라고 적힌 스티커가 덕지덕지 붙은 철물점 미닫이문을 열었다.

가게 한쪽에서 돋보기안경을 쓴 노인이 선풍기 바람을 쐬며 도장을 파고 있었다. 도장이라니…… 생체 정보나 전자 서명이 대중화된 시대에 흔히 볼 수 없는 유물이었다.

"작년 화재 사건? 아니, 경찰도 아니고 장의사가 왜 그런 걸 물어보고 다니나?"

노인은 의심이 가득한 눈빛으로 쳐다보았다. 마래가 영업용 미소를 날렸다.

"어려서부터 저희 할머니께서는 사람이 갖추어야 할 네 가지 덕목이 있다고 하셨습니다. 다른 사람의 불행을 불쌍히 여기고, 의롭지 못함을 부끄러워하며, 겸손하게 사람을 대하고, 옳고 그름을 가릴 줄 알아야 한다고 하셨죠. 제가 맡은 회원님의 죽음에 행여 부정한 부분이 있다면 당연히 가려내야 겠죠."

노인은 가까이 와서 바람이라도 쐬라며 선풍기를 마래 쪽으로 돌려주고는 풍속을 높여주었다.

"옛 성인들은 사덕(四德)에 '믿을 신'을 더해 오상(五常)이라고 했네. 믿음을 저버리는 일은 금수만도 못한 짓이지. 그게 사실은…… 그때 좀 께름칙한 일이 있었어. 경찰서에 갈까 하다 때를 놓쳤는데 말이야."

어린시절부터 추리소설 마니아였다는 노인이 침을 튀겨 가며 늘어놓은 이야기는 놀라웠다. 마래는 이야기를 들으며 노인이 내민 요구르트를 세 개나 해치우고 새 요구르트에 빨대를 꽂았다. 노인이 말한 께름칙한 일의 전말은 이러했다.

그날은 천둥 번개를 동반한 장맛비가 내렸다.

자정이 넘은 시각에 노인과 함께 철물점을 운영하는 아들이 잠을 자려고 누웠다가 자리에서 일어났다. 낮에 톱질 작업을 해둔 송판을 가림막으로 덮어놓지 않은 것이 떠올랐다. 철물점 근처에 사는 아들은 우산을 들고 상가로 나왔다.

서둘러 가림막으로 송판을 덮고 물이 넘치지는 않았는지 하수구를 확인한 후 계단을 올랐다. 저쪽에서 한 남자가 우산을 들고 아파트 정문을 향해 걸어가는 것이 보였다. 밤늦게 귀가하는 아파트 주민인가보다 했다. 그때 맞은편에서 우의를 뒤집어쓴 사람이 나타났다. 그가 우산을 쓴 남자에게 다가가더니 다짜고짜 화를 내더라는 것이다. 아들은 상가 건물 기둥에 몸을 숨기고 그 광경을 지켜보았다.

거센 빗소리에 섞여 '베란다', '전기', '개' 등의 단어들이 띄엄띄엄 들려왔다. 우산을 쓴 남자는 불현듯 주위를 둘러보더니 우의를 뒤집어쓴 사람을 밀어내고 아파트 단지 안으로 뛰어들어갔다.

"아들이 수상하다 여기면서 집에 돌아왔대. 그러고는 자려고 누웠는데 소방차 사이렌 소리가 요란하게 들렸다는 거지."

"그럼 바로 경찰서에 가셨어야죠."

"갔지. 그래서 CCTV도 확인했지. 그날 비가 워낙 많이 와서 얼굴은 안 보였다고 하더만. 여하튼 우리 아들이 진술해서 그 남편이 경찰 조사도 받았지. 근데 그날 알리바이가 확실했대. 친구랑 술을 마시고 자율주행 택시를 타고 온 기록이 남아 있었다는 거야. 그 남편 말로는 술 깨려고 일부러 멀찍이 내려서 아파트 단지로 걸어들어오는데, 우의를 입은 사람이 다가오더니 이상한 말을 늘어놓더라는 거야. 취객을 상대로 하는 픽치기인가 싶어 부랴부랴 집 쪽으로 도망쳤다더라고. 그러고는 물증이 없어 금세 풀려났지."

노인이 마른침을 삼키더니 말을 이었다.

"근데 내가 께름칙했던 건 그게 아니야."

"뭔데요?"

마래가 다섯번째 요구르트에 빨대를 꽂다 말고 물었다.

"일명 껌종이 사건."

"네? 껌종이요?"

마래는 공연히 이곳에서 아까운 시간만 낭비하고 있는 건 아닌지 걱정이 되었다. 한바탕 장맛비가 쏟아지기 전에 그만 일어나려고 의자에서 엉덩이를 떼는데 노인이 입을 열었다.

"껌종이 사건은 화재가 일어나기 딱 일 년 전 일이었어."

아니, 당장 며칠 전 일도 잘 기억하지 못할 것 같은 분이 이년 전 일을 기억하실 수 있을지 의문이 들었지만, 마래는 네가지가 있는 인간인지라 조금만 더 들어보기로 했다.

"그날도 비가 내렸지. 우산을 든 젊은 남자가 가게문을 열고 들어왔어. 그러더니 기름종이같이 얇은 종잇조각을 내밀었어. 난 단번에 알아봤지. 그 종잇조각이 은박을 벗겨낸 껌종이라는 걸 말이야. 학교에 다닐 때 성적표에 부모님 도장을 찍어오라고 하면 가짜로 남의 도장을 찍거나 어설프게 부모님 서명을 따라 하다가 들통나 엄청나게 혼나던 애들이 있었거든. 하지만 난 아니었지. 한 번도 들킨 적이 없었어. 그게 다 껌종이 덕분이었어. 물론 껌종이라고 다 되는 건 아니야. 우리끼리만 아는 특정 브랜드가 있어. 부모님 도장이 찍힌 종이에다 은박을 벗겨낸 그 껌종이를 대고 동전으로 살살 긁으면 종이에 인주가 묻어나지. 그럼 그 인주가 묻은 껌종이를 성적표에 대고 다시 문지르기만 하면 돼. 흐리긴 해도 도장이 찍히거든."

하, 껌종이로 그런 완전범죄가 가능할 줄이야. 마래는 난생처음 알게 된 사실에 눈이 휘둥그레졌다.

"그래서요? 그게 이 사건하고는 무슨 상관인데요?"

"그 종이에 찍힌 이름이…… 여자였어."

"이름도 기억하세요?"

"그럼, 똑똑히 기억하지. 천지은. 화재로 죽은 그 여자."

노인이 애통해하며 말을 이었다.

"껌종이에 찍힌 이름을 보는 순간 그 여자가 안 좋은 일에 연루됐을 것 같은 예감이 드는 거야. 만약 그때 내가 경찰에 알렸더라면……."

"이상한 할아버지 되는 거죠."

"나도 범죄에 가담한 게 되니까 공범이 되는 거지."

마래는 하마터면 요구르트를 뿜을 뻔했다. 그러면서도 한편으로 선뜻 믿기지 않았다. 요즘 같은 시대에 도장 하나 도용한다고 타인 명의로 보험 가입이 가능한 일인가?

"요즘 같은 시대니까 가능한 일이지. 홀로그램 스캐너인가 뭔가로 생체 정보나 전자서명을 저장해놓으면, 은행 업무며 각종 계약이 일사천리로 이루어진다더만. 도장도 마찬가지지."

노인이 진지한 얼굴로 말했다.

"사실 엄청 후회했어. 그때 경찰서에 갔더라면 그 여자를 살릴 수 있지 않았을까? 화재 사고가 났을 때라도 말이야. 장의사 선생 덕분에 이제라도 털어놓을 수 있어 십 년 묵은 체증이 확 내려가네그려."

노인이 의자 뒤 선반에서 낡은 노트를 꺼냈다. 손글씨로 매일매일의 판매 기록이 빼곡하게 적혀 있었다.

"그 껌종이도 아직 가지고 있어. 이럴 줄 알고 그때 구겨서 버리는 척하며 잘 놔뒀지. 한번 볼 텐가?"

재작년 7월 5일 자 매출을 기록한 페이지 사이에서 얇은 종이가 나왔다. 거기에 '天知恩'이라는 도장이 찍혀 있었다.

마래는 자리에서 벌떡 일어났다. 생각지도 못한 소득이었다. 김윤기가 아내의 도장을 파서 뭘 했는지를 조사하다보면 뭐라도 나오지 않을까 싶었다.

마래는 가게를 뛰쳐나오며 소리쳤다.

"경찰이 오면 꼭 이대로 말씀해주셔야 해요. 믿겠습니다, 어르신!"

굵은 빗방울이 뜨거운 아스팔트 도로 위로 떨어졌다. 순식간에 장맛비가 눈앞이 보이지 않을 정도로 퍼붓기 시작했다. 마래는 옷이 젖는 것도 아랑곳하지 않고 구름처럼 가벼운 발걸음으로 경찰서를 향해 달렸다.

그 시각 연우는 구름이 위독하다는 전화를 받고 동물병원으로 향했다. 마래에게 연락하자 경찰서에 들렀다 바로 병원으로 오겠다고 했다. 연우는 긴 우산을 우산대에 꽂고는 병원 문 앞에서 옷매무새를 단정하게 매만졌다.

구름은 안쪽 침대에 다리를 가지런히 모은 채 누워 있었다. 숨쉬기도 힘든 듯 호흡이 거칠었고 주변 소음에도 별 반응이 없었다.

수의사는 구름이 처음 병원에 왔을 때부터 상태가 심각했다고 설명했다. 뼈만 앙상한데다 얼마나 방치했는지 염증이 심해 눈가가 온통 벌겋게 짓물러 있었다고 했다. 항생제와 세포 재생 촉진제를 처방했지만 사고 후유증 때문인지 나이에 비해 회복 속도가 더디다고 했다.

"구름아."

연우가 이름을 부르자 구름이 설핏 고개를 들었다가 힘없이 떨어뜨렸다. 수의사가 안타까워하며 말했다.

"진통제와 영양제를 계속 처방하면 며칠 더 살 수 있겠지만 구름이가 원하지 않는 거 같아요. 며칠 전에 노을을 보며 그렇게 짖어대더라고요. 그때 이후로 저렇게 사료도 먹지 않고 내내 잠만 자네요. 스스로 마지막을 준비하는 것 같아요. 영리한 녀석이에요."

구름의 눈가에 축축하게 눈물이 고여 있었다.

"구름아, 언니 보고 싶어? 나머지는 우리에게 맡기고 이제 언니에게 가도 돼."

연우는 가쁜 숨을 몰아쉬고 있는 구름을 부드럽게 어루만졌다. 그러고는 젖은 눈꺼풀을 지그시 눌러주었다. 그제야 눈이 감겼고 힘겹게 쌕쌕거리던 숨소리도 들리지 않았다.

구름의 생애가 어땠는지 연우는 모른다. 그렇지만 언니와 얼마나 많은 사랑을 주고받았는지는 알 것 같았다. 막 무지개다리를 건넌 구름의 얼굴이 환하게 웃고 있는 듯했다.

구름을 정성스럽게 염습하고 작은 나무 관에 담아 병원 문을 나서는데, 마래가 비를 쫄딱 맞으며 횡단보도 앞에 서 있었다. 빨강색 신호등 앞에 서서 손을 흔들고 있는 마래의 표정이 밝아 마음이 놓였다.

연우는 구름을 잠깐 병원에 맡긴 뒤 긴 우산을 활짝 펼쳐 들고 빗속으로 뛰어나갔다.

알바, 취준생, 그리고 임현지

"혹시 나 몰라요? 정말로 본 적 없어요?"

사람들은 다른 우주에서 온 연우에게 곧잘 이런 질문을 던지곤 했다. 다른 우주에 사는 자신의 모습이 얼마나 궁금할까. 아는 척이라도 해주고 싶었지만 대부분 처음 보는 얼굴들이었다. 연우는 매일같이 집과 학교만 오갔고 사교성도 떨어졌다. 학교 밖에서 사람들을 만날 겨를도, 이유도 없었다.

그렇지만 부리부리한 눈에 뿔테안경을 쓴 스무 살 여자애, 장례식장 접객 도우미들이 부를 때는 '우리 알바', 어머니가 부를 때는 '취준생', 친구들이 부를 때는 '이면지'인 임현지는 그 누구보다 잘 알고 있었다. 두 사람은 초등학교부터 고등학교까지 쭉 같은 학교에 다녔다. 초등학교 4학년과 6학년, 중학교 3학년 때는 같은 반이었다. 하지만 현지는 연우가 같은 반이었다는 것도, 고등학교 때는 한 번도 같은 반이 된 적이 없다는 것도 모를 것이다.

연우는 자신이 그렇게 존재감이 없는지 몰랐다. 그러다가 자신의 평행우주가 512개라는 이야기를 듣고 그 이유를 단번에 이해했다. 다른 사람들은 날 때부터 여러 개의 우주를 갖고 태어나 수없이 많은 우주를 만들어가는데, 연우는 단 하나의 우주에서 시작해 열아홉 살에 간신히 500개를 넘겼다.

그래서 엔딩플래너로 아주 제격이라나? 다른 사람들은 평행우주에서 자신과 똑같은 존재를 만날 가능성이 높지만 연우는 그럴 확률이 아주 낮았다.

"세영고 나왔다면서요? 나도 거기 졸업했는데……."

장마가 물러간 후 닷새째 폭염주의보가 발령되었다. 연우는 장례식장 로비에 있는 작은 연못 옆 소파에 앉았다. 연못에는 각양각색의 수생식물이 가득해서 보는 것만으로도 더위가 한결 식는 것 같았다.

현지가 노란 유리병에 담긴 '비타 2만'이라는 드링크제를 내밀었다. 냉장고에서 방금 꺼내온 듯 병 겉면에 물방울이 송골송골 맺혀 있었다.

"이거 내 알바비에서 뺀 거예요. 나 이런 거 잘 안 사주는데……."

현지가 건너편 소파에 앉으며 말했다.

"근데 장례식장 물품은 왜 시중에 파는 것과 조금씩 다른 걸까요? 이런 유사 상품은 왜 있는 걸까요?"

"아무래도 광고를 안 해도 되니까. 광고 비용을 절약해 비슷한 제품을 더 저렴하게 제공할 수 있는 거 아닐까요?"

"에이, 그게 얼마나 차이가 난다고."

현지가 이해할 수 없다는 듯 고개를 절레절레 저었다.

"차이가 크죠. 20,000개의 평행우주와 500개의 평행우주가 다른 것처럼……."

회사가 브랜드를 만들고 광고를 하는 건 독보적인 이미지를 만들어 상품을 잘 팔기 위해서다. 참 믿음직한 상조회사가 연우를 광고에 등장시키면서 얻은 '가족 같은 회사'라는 브랜드 이미지처럼. 이런 이미지는 당장 별로 효과가 없는 것처럼 보일지 몰라도 나중에 유사 업체가 생겼을 때 빛을 발할 거라고, 그게 마케팅이라고 태영은 말했다.

"광고에서 봤어요. 전 임현지라고 해요. 친구들은 이면지라고 부르지만."

연우는 자기도 모르게 올라가는 입꼬리를 감추려고 손으로 입가를 가렸다. 현지가 그런 연우를 힐끗 살피더니 말했다.

"나도 스무 살이니까, 우리 말 놓자."

현지가 호기심 가득한 표정으로 연우 쪽으로 몸을 살짝 기울였다.

"혹시 나 본 적 없어? 네가 온 우주에서 말이야."

오랜만에 만난 현지에게 반가운 마음을 표현하고 싶었지만 다른 우주에 관해서는 절대 이야기할 수 없었다. 엔딩플래너로 입사하며 기밀 유지에 관한 서약서를 작성했다.

"미안해. 다른 우주에 관해선 이야기할 수 없어."

"아, 그렇구나. 곤란하게 했다면 미안."

연우가 아는 현지는 털털하면서도 다정한 아이였다. 워낙 활발한 성격이라 주변에 친구도 많았다. 초등학교 때부터 꿈이 의사라고 했는데…….

"작년에 참 믿음직한 상조회사에 지원했다가 떨어졌어. 지금은 취업 준비중이야. 여기서 용돈이라도 벌려고 저녁마다 아르바이트하는 거야. 똑같이 사람 대하는 일이고 결혼식장보다 돈을 1.5배는 더 주는 꿀알바인데, 애들은 귀신 나올 것 같아 무섭대. 뭐가 무섭다는 거지? 난 산 사람이 더 무섭더라."

현지는 입을 삐죽거리며 오른손으로 왼쪽 어깻죽지를 힘주어 눌렀다.

"이제 들어가봐야겠다. 같이 일하는 분들이 나 없으면 일이 안 된다고 잠깐만 자리 비워도 얼마나 찾으시는지 몰라. 난 이따 아홉시에 끝나는데 이 앞 편의점에서 시원하게 캔맥주 한잔 어때?"

연우는 퇴근 후에 마래와 만나기로 되어 있었다. 마래가 완력이 이렇게 약해서 어쩔 거냐고, 일 끝나고 회사 앞 스포츠센터로 오라고 했다. 연우는 마음속으로 슬그머니 핑곗거리를 찾고 있었다. 이 더위에 클라이밍이 웬 말인가.

*

편의점에서 현지는 곧장 냉장고로 향했다. 현지가 냉장고를 뒤지는 동안 연우는 계산대 위에 걸린 홀로그램 화면에서 흘러나오는 저녁 뉴스를 올려다보았다.

지난해에 발생한 이촌동 아파트 화재 사고에서 사망한 천모 씨가 남편의 계획범죄로 살해된 정황이 밝혀졌다는 내용이었다. 제보자의 진술을 토대로 남편을 재수사한 경찰은 그의 휴대폰에서 고등학교 동창인 최씨와 범행을 모의한 정황과 '급전이 필요하니 1억을 송금해달라'는 메시지를 발견했다. 그리하여 최씨를 공범으로 보고 수사를 확대하는 한편 남편의 컴퓨터에서 발견한 화재경보기와 스프링클러 작동법에 대한 검색 기록 등을 물증으로 확보했다. 남편 김씨는 아내가 정신과 진료를 받는다는 사실을 이용해 그녀의 사망을 우울증으로 인한 방화로 위장하려 한 것으로 밝혀졌다.

연우는 바로 마래에게 연락했지만 클라이밍중인지 받지 않았다.

현지가 바구니를 양손으로 들고 끙끙거리며 다가왔다. 맥주와 소주, 막걸리 등 거의 모든 종류의 술이 담겨 있었다. 연우는 현지가 초등학교 때부터 즐겨 먹던 바나나우유도 바구니에 챙겨넣었다.

편의점 앞 테이블에 앉아 현지는 소주를, 연우는 캔맥주를 땄다. 채 열기가 식지 않은 아스팔트는 뜨거웠고, 차가운 맥주는 식도를 타고 술술 잘도 넘어갔다.

"장례식장에서 일하기 전에 편의점에서 아르바이트한 적이 있어. 일이 있어 일주일 만에 그만뒀지만."

현지가 무서운 속도로 병을 비우더니 또 다른 소주병을 땄다.

"편의점에서 알바할 때는 틈틈이 공부할 짬이 나서 좋았는데 장례식장에서는 앉아 있을 틈이 없네. 무슨 일이 있어도 올해는 참 믿음직한 상조회사에 꼭 입사할 거야!"

금세 술기운이 오른 연우는 귓불이 빨갛게 달아올랐다. 그런 연우를 바라보며 현지가 소리 내어 웃었다.

"너 진짜 술 못 마신다. 설마 처음은 아니지?"

"응⋯⋯."

어쩐지 부끄러워서 얼버무렸지만 사실 연우에게는 이 모든 것이 처음이었다. 술을 마시는 것도, 편의점 테이블에 앉아본 것도, 친구와 마주앉아 이야기를 나누는 것도 처음이었다. 낯선 우주에서 시작한 첫 직장생활은 여전히 어색하고 서툴렀지만 잘해내고 싶었다. 처음으로 자신이 선택한 일이었고, 다양한 사람들의 이야기를 듣는 것이 즐거웠다.

"난 잘 마실 수밖에 없어. 부모님이 두 분 다 주당이었거든. 타고난 거지. 두 분이 술 먹다 처음으로 손잡고 술 먹다 결혼 약속하고 술 먹다 내가 생겼대."

"우리 부모님은 열아홉 살에 나를 낳았는데⋯⋯."

"오, 파격적이신데?"

"그런가."

연우는 부모님 이야기를 하며 웃고 있는 자신이 다른 사람처럼 낯설었다.

현지는 취업 준비 생활이 터널이 아닌 출구가 없는 동굴 같아 답답하다고 했다. 지난 주말에 친구들이 자신을 응원한답시고 찾아왔다고 했다.

"이것들이 취업 준비는 잘 돼가느냐고 딱 한 번 묻더니 자기는 회사 동기랑 썸 타는 중이라는 둥, 자기네 회사 근무복이 멋지다는 둥 자랑을 늘어놓는 거 있지? 그럴 거면 왜 찾아온 거래? 또 심심하다고 찾아오면 진짜 가만 안 둘 거야."

현지는 멀쩡한 얼굴로 점점 목소리를 높였다. 거기에 맞장구치면서 연우도 점점 술이 깨고 있었다.

"내가 참 믿음직한 상조회사에 입사하려고 하는 건 우리 엄마 때문이야. 유전병을 앓고 계시거든. 초등학교 4학년 때 엄마가 뇌졸중으로 쓰러지셨어. 합병증이었는데 그땐 원인이 뭔지도 몰랐어. 지금도 손발이 바늘로 콕콕 찌르는 것처럼 아프대. 일상생활조차 제대로 못 하시는데 현재 의료 기술로는 고칠 수가 없대."

현지가 단숨에 술을 비우더니 결심한 듯 입을 열었다.

"나 뭐 하나 물어봐도 돼?"

연우가 선선히 고개를 끄덕였다.

"넌 다른 우주 사람이잖아. 근데 어떻게 여기에 머물 수 있는 거야? 네가 온 우주에서는 원격 전송 기술 없이도 다른 우주로 이동할 수 있어? 그럼 거기에는 유전정보를 이용해 병을 치료하는 방법 같은 것도 있을까? 너는 잘 모르려나? 갑자기 이런 걸 물어서 미안한데 내가 정말 꼭 필요해서 그래.

여기서는 우리 엄마가 나을 방법이 없다고 하거든."

담담한 목소리로 말을 하던 현지의 눈가에 눈물이 맺혔다.

"난 참 믿음직한 상조회사에 입사하면 평행우주를 다니면서 엄마 치료법을 찾아볼 거야. 우리 엄마 이렇게 돌아가시면 안 되거든."

연우는 현지의 말을 들으며 아버지가 돌아가신 그날을 떠올렸다. 그때 다른 우주가 있다는 걸 알았더라면 아버지의 사고를 막을 수 있었을까?

"그만 일어나야겠다. 너무 늦으면 엄마가 걱정된다고 마중나오시거든. 작년에 학교 근처 공원에서 안 좋은 일이 있어서……."

현지는 또다시 오른손으로 왼쪽 어깻죽지를 눌렀다. 학교 근처 공원이라면 연우에게도 좋지 않은 기억이 있는 곳이라 더 묻지 않았다.

두 사람은 자율주행 버스 정류장까지 나란히 걸었다.

"아까 원격 전송 기술이니 유전정보니 물어본 건 그냥 흘려들어. 너무 답답해서 한 말이야."

"이해해. 나도 아빠 사고를 막을 방법이 있었다면 어떻게든 하려고 했을 거야."

연우가 현지에게 바나나우유를 내밀었다.

"나 바나나우유 싫어하는데."

연우가 눈을 휘둥그레 떴다. 그러자 현지가 빙긋 웃었다.

"농담이야. 좋아해. 역시 날 아는구나. 장례식장에서 네가 빤히 쳐다보기에 우리가 아는 사이인가 했거든."

"아, 그게 그러니까……."

연우의 얼굴이 빨갛게 달아올랐다.

"먼저 말하지 못해서 미안해."

"미안하긴. 오늘 나 술주정한 건 비밀이다. 네 우주의 현지에게 말하면 안 돼."

연우가 당황하는 모습이 귀엽다는 듯 현지가 웃음을 터뜨렸다.

"어, 버스 왔다. 나 먼저 갈게."

현지가 탄 버스가 시야에서 완전히 사라질 때까지 연우는 그 자리에서 지켜보았다.

그러고는 바로 태영에게 연락했다.

태영의 선택

홀로그램 화면에 연우 얼굴이 뜨자 태영은 소스라치게 놀랐다.

태영은 해가 진 이후에 연락이 오면 두려웠다. 새벽에 아버지가 교통사고로 돌아가셨다는 전화가 걸려왔던 어린시절부터 그랬다.

태영은 어머니가 돌아가셨다는 연락을 받았던 밤을 떠올렸다. 그날은 오랜만에 가족들과 외식을 하고 돌아왔다. 한창 드라마에 푹 빠져 있는데 휴대폰이 울렸다. 시계를 보니 아홉시가 넘어 있었다. 화면에 어머니 번호가 떠서 의아했다. 이 시간에 연락하실 분이 아닌데……. 어머니는 다저녁 때 아무에게도 연락하지 않았을뿐더러 받는 것도 싫어했다.

아니나 다를까, 어머니가 노인정에서 집에 가려고 일어서

다 심정지가 와서 구급차에 실려갔다고 했다. 태영은 어머니와 마지막 인사도 나누지 못하고 장례를 치러야만 했다. 그나마 어머니가 생전생애 체험을 통해 형이 살아 있는 우주를 보고 돌아가셔서 다행이었다.

"연우야, 왜?"

"죄송해요. 시간이 이렇게 됐는지 몰랐어요."

"아냐, 괜찮아. 무슨 일 있니?"

연우 표정이 평소와 같다는 걸 깨닫고 태영은 가슴을 쓸어내렸다.

"엔딩플래너는 다른 우주에 관한 정보를 유출하는 건 물론이고 영향을 끼쳐서도 안 되잖아요. 그런데 저는 어떻게 두 우주를 오갈 수 있는 거예요?"

언젠가는 받게 될 질문이었다. 어쩌면 태영이 예상한 것보다 늦게 연우는 그 질문을 내놓았다.

작년에 갑자기 마케팅 부서로 발령이 났다. 나름대로 현장근무에 만족하고 보람도 느끼고 있던 차에 당황스럽긴 했지만 순순히 부서를 옮겼다. 한창 회사가 커나가고 있던 시기라 승진을 기대하는 마음도 없지 않았다.

그로부터 몇 달간은 자료 정리만 하다 새로운 프로젝트에 참여하라는 지시를 받았다. 다양한 기회를 창출하고 새로운 가능성을 탐색하기 위한 프로젝트라고 했다. 구체적으로는 다른 우주에서 인재를 스카우트해서 육성한다는 계획이었다.

태영은 이해할 수 없었다. 자신이 사는 우주에도 참 믿음직한 상조회사에서 일하고 싶어하는 인재가 얼마나 많은데, 굳이 다른 우주에서까지 사람을 데려올 이유가 없었다.

어쨌든 일은 일이므로 여러 우주를 넘나들며 적합한 인재를 찾고 있었다. 그 과정에서 다른 우주에 살던 형님이 돌아가셨다는 걸 알게 되었다. 혼자 남은 조카가 신경 쓰이기도 하고 업무의 연장으로도 볼 수 있어 조카를 찾아갔다.

그 와중에 회사의 의도가 마음에 걸려 마래와 함께 갔다. 마래라면 믿을 수 있었다. 그녀는 연우에게 부당한 일이 생긴다면 끝까지 나서줄 사람이었다. 그런데 막상 가보니 갑작스러운 부서 이동도, 이해할 수 없는 프로젝트도, 연우가 이 우주로 오게 된 것도 우연이 아닐지 모른다는 생각이 들었다.

태영은 연우에게 이 모든 걸 말해야 할지, 말아야 할지 쉽사리 결정할 수 없었다. 말을 하는 동시에 자신의 평행우주는 나뉠 것이다.

물론 자신이 선택하지 않은 우주까지 책임질 수는 없다. 하지만 무심코 내뱉은 말과 선택이라도 거기서 완전히 자유로울 수는 없다. 때로 말 한마디와 선택 하나가 돌고 돌아 삶을 의도하지 않은 엉뚱한 방향으로 끌고 가기도 한다.

"이 일을 하면서 평행우주가 너만큼 적은 사람은 본 적이 없어. 그만큼 너는 앞으로 사용할 수 있는 에너지가 엄청나게 많다는 뜻이야. 다시 말해 네가 만들어 낼 수 있는 평행우주가 엄청나게 많을 거라는 말이지."

연우는 지금껏 가진 것이 별로 없다는 말은 자주 들어보았어도 무언가 엄청나게 많이 가지고 있다는 말은 난생처음 들었다.

"장례가 끝나고 생전생애 체험을 할 때 아버지가 살아 있는 우주에 간 적이 있다고 했지? 그곳에 너는 없었고."

"네."

연우는 아버지를 보자마자 울음을 터뜨렸었다. 하지만 아버지는 연우를 알아보지 못하고 거실의 조명스탠드를 움켜쥐며 경계했다.

"이상하지 않니? 어떻게 넌 네가 존재하지도 않는 그 우주로 갈 수 있었을까?"

태영이 말을 이었다.

"그곳은 네 평행우주가 아니었어. 네 아버지의 평행우주였지. 넌 평행우주가 무척 적은 대신 잠재적인 에너지는 그만큼 많은 셈이야. 바로 그 에너지 덕분에 인식하는 것만으로 다른 사람의 평행우주로 갈 수 있었던 거란다."

우주의 티끌만큼 존재감이 없던 사람이라 오히려 잠재된 에너지는 많아서 다른 사람의 우주로도 다닐 수 있다니……. 이걸 좋아해야 할지, 실망해야 할지 연우는 갈피를 잡을 수 없었다.

"연우야, 사람이 일평생 만들어낼 수 있는 평행우주는 절대 무한하지 않아. 평행우주가 생성될 때마다 상당히 많은 양의 에너지가 소모되거든. 에너지의 총량은 항상 일정하다는 사실을 명심해야 해."

새벽까지 깨어 있으면서 과도하게 뇌를 사용하면 어느 순간 머릿속이 하얘지면서 아무 생각도 할 수 없게 된다. 너무 많은 일을 하다가 무력감에 빠져 아무것도 할 수 없게 되는 것과 비슷하다.

태영의 말을 들으면서 연우는 머릿속이 기하급수적으로 혼미해지는 걸 느꼈다.

"머리가 터질 것 같아요. 오늘은 여기까지만 생각할게요."

"잠깐, 연우야!"

홀로그램 화면 너머에서 태영이 다급하게 연우를 불렀다.

"네가 다른 사람의 평행우주를 마음대로 돌아다닌다면 그만큼 에너지를 많이 소모하게 되겠지? 그렇게 에너지를 소모하다보면 어느 순간 평행우주가 더이상 나뉘지 않게 돼. 그러면 네가 전혀 원하지 않는 평행우주에 갇혀버릴 수도 있어. 내가 하는 말, 무슨 뜻인지 알겠니?"

말투는 더없이 부드럽고 친절했지만 말의 내용은 그렇지 못했다. 한마디로 다른 사람의 평행우주를 제멋대로 돌아다니다간 영영 돌아오지 못할 수도 있다는 경고였다.

그래도 오늘밤 딱 한 군데 정도는 가봐도 되지 않을까?

통화를 끝낸 연우는 가만히 눈을 감았다. 그러고는 간절한 마음으로 두 손을 모았다.

얼마나 시간이 흘렀을까. 조심스럽게 실눈을 떴는데……
여전히 같은 자리였다!

"뭐야, 512개 중에 현지에게 좋아한다고 고백한 우주가 단 한 개도 없는 거야?"

어디에서 날아왔는지 머리 위에 하루살이들이 맴돌았고 귓가에서 모기가 앵앵거렸다.

연우는 불과 몇 시간 전에 자신의 평행우주가 마래와 클라이밍을 하러 간 우주와 현지를 만나러 간 우주로 나뉘었다는 걸 알지 못했다.

엔딩플래너가 되겠다고 결심한 그 순간부터 연우의 우주는 더이상 512개가 아니었고 지금도 맹렬하게 나뉘고 있었다.

3부

디지털 큐레이터

이른 새벽, 연우는 식은땀을 흘리며 얇은 이불을 목까지 끌어당겼다.

지난해에 아버지 장례를 치르고 나서 이따금 악몽을 꿨다. 가로등 하나 없이, 희미한 달빛이 비추는 공원에서 누군가 아버지의 목에 커터칼을 겨누는 걸 바라만 보고 있는 꿈이었다. 비명이라도 질러보려 했지만 목구멍이 꽉 막혀 목소리가 나오지 않았다. 몸은 땅에 뿌리박힌 듯 꼼짝할 수 없었다. 목덜미를 타고 굵은 땀방울이 줄줄 흘러내렸다. 아무리 애를 써도 아버지를 구할 수 없다는 절망감에 가슴이 갈가리 찢기는 듯했다. 이게 꿈이라는 걸 알면서도 깨어날 수 없다는 무력감 때문에 고통스러웠다.

엔딩플래너 일을 시작하고 나서 너무 바빠 침대에 머리만 대면 잠이 들었다. 악몽을 꾸고 잠을 설친 날도 새벽같이 일어나 원격 전송으로 회사에 출근했다가 밤늦게 돌아왔다. 그런 날은 씻지도 못한 채 잠들어버리곤 했다.

그러다가 며칠 전 승윤의 부재중 전화를 확인한 후부터 또다시 악몽에 시달리기 시작했다. 한번 잠에서 깨면 다시 잠들기가 어려웠다. 땀이 식으면서 방안의 공기마저 서늘하게 느껴졌다.

"춥다."

무거운 커튼이 드리운 안방은 칠흑같이 어두웠다. 오랫동안 비워두어서 그런지 바닥과 벽에서 차가운 기운이 배어나와 동굴 안에 들어온 듯 싸늘했다.

연우는 형광등을 켜고 장롱을 열어 주섬주섬 두툼한 차렵이불을 꺼냈다. 그러고는 돌아서는데 텅 빈 침대가 눈에 들어왔다.

차렵이불을 안은 채 침대에 걸터앉았다. 낡은 매트리스가 비명을 질러댔다. 침대도, 커튼도, 이불도 다 그대로인데 아버지만 없다는 사실이 여전히 믿기지 않았다.

"아빠는 지금 다른 우주에서 살고 있어. 내가 원하면 언제든 만날 수 있어."

연우는 깊은 한숨을 내쉬었다. 자신이 계속 무언가로부터 도망치고 있다는 느낌을 떨칠 수가 없었다. 아버지의 죽음을 있는 그대로 받아들이지 못하는 이유가 괴로움 때문인지, 아니면 죄책감 때문인지 알 수 없었다. 어쩌면 둘 다일지도 모른다.

연우는 자리에서 일어나 따듯한 물로 샤워를 하고 드라이어 온풍으로 꼼꼼하게 머리카락을 말렸다. 한동안 열지 않았던 창문을 활짝 열고 구석구석 먼지를 쓸어냈다. 집안이 깨끗해지자 마음도 조금은 가벼워지는 기분이었다.

그러고는 원격 전송으로 출근을 했다.

막 회사에 도착했을 때, 퀀텀폰의 알람 소리가 사무실 가득 울려퍼졌다.

긴급 공지

최근 발생한 사건과 관련하여 안내해드립니다. 우리 회사 소속의 엔딩플래너가 회사 지침을 위반하고 다른 우주의 사건에 개입함으로써 그 우주에 엔딩플래너의 존재가 알려지는 사태가 발생했습니다. 회사는 사건 조사에 착수했으며 당면한 문제를 해결하고자 최선을 다할 것입니다.

그에 따라 추가된 활동 수칙이 안내되어 있었다. 당분간

사전에 예약된 생전생애 체험이라도 반드시 회사에 미리 고지하고 허가를 받아야 했다. 더불어 이번 사태가 완전히 해결될 때까지 신규 접수는 잠정 중단하라는 내용이었다.

자리에 앉자마자 태영이 급하게 연우를 찾았다.

"평행우주에서는 항상 조심하고 일 만들지 말라고 그렇게 말했는데…… 이제 어떻게 할 거야? 넌 같이 있으면서 권마래 플래너 안 말리고 도대체 뭐 했어?"

다른 우주의 천지은에게 이 세계에서 일어난 사건을 알린 일로 마래는 이미 감사부에 불려가 시말서를 썼다.

"너희 두 사람이 찾아갔던 우주에서 천지은이 남편의 폭력을 이유로 이혼을 요구했어. 그러자 남편은 오히려 장인의 구타와 언어폭력을 이유로 거액의 위자료소송을 걸었고."

태영이 참담한 얼굴로 말을 이었다.

"문제는 재판 중에 천지은이 다른 우주의 엔딩플래너들이 자신을 찾아와 진실을 알려주었다고 증언했다는 거야. 남편은 그것을 우울증으로 인한 과대망상으로 몰고 가려고 했어. 그래서 천지은은 증거 화면을 제출했지. 너희 두 사람이 함께 찍힌 CCTV 영상을 말이야. 그 사건이 매스컴을 타면서 평행우주에 대한 이야기로 화제가 넘어간 모양이야."

연우는 일이 이렇게까지 커질 줄 몰랐다.

"이제 어떡해요?"

"디지털 큐레이터들이 그쪽으로 넘어가서 엔딩플래너에 대한 기사며 기록을 삭제하고 있어. 이미 알려진 일이라 사람들 기억까진 어쩔 수 없지만 어쨌든 뉴스가 더 확산되는 건 막고 있어."

과거 '디지털 장의사'로 불렸던 디지털 큐레이터는 의뢰인이 디지털 세상에 남긴 사진, 영상, 댓글 등을 찾아내 삭제하는 업무를 담당한다. 또한 민감한 개인정보나 공개를 원하지 않는 디지털콘텐츠 열람 기록은 물론이고 각종 디지털 유산을 관리하거나 경우에 따라 복구 불가능하게 만든다.

"이 일이 밖으로 알려지지 않도록 조심하고, 권마래 플래너와 연락되면 당장 나한테 오라고 전하고."

태영이 머뭇거리며 말했다.

"그리고…… 넌 이번 일이 해결되는 대로 새로운 프로젝트에 투입될 거야."

"새로운 프로젝트요?"

"회사가 요즘 바이오산업 분야에 투자하고 있는 거 알지? 자세한 건 아직 기밀 사항이지만 알츠하이머병이나 유전병 치료법을 찾는 프로젝트라고 보면 돼."

태영은 조만간 진척 상황을 공유하겠다며 덧붙였다.

"사실 수명 연장은 이제 시간문제지. 누가 먼저 기술을 상품화해서 시장에 내놓느냐가 사업의 성패를 좌우하거든."

참 믿음직한 상조회사가 이만큼 성장할 수 있었던 건 제일 먼저 평행우주 이론과 양자 원격 전송 기술을 상용화하여 시장에 내놓았기 때문이라고 태영은 말했다. 더불어 연우가 투입될 프로젝트가 성공한다면 회사의 이익 차원을 넘어서 인류 공영에 이바지할 수 있을 거라고 설명했다.

연우는 온종일 일이 손에 잡히지 않았다. 밀린 보고서를 써야 하고 비용 정산도 해야 하는데……. 마래는 내내 자리를 비웠다.

여기저기서 수군대는 소리가 들렸다. 마래의 부재를 두고 의심과 분노의 목소리가 사무실 안에 피어올랐다. 평소 마래를 못마땅하게 여기던 사람들이 목소리를 높였다.

"누군 옳고 그른 거 몰라서 입다물고 있는 줄 알아? 이런다고 죽은 사람이 살아 돌아오는 것도 아니고. 또 어디서 사고 치고 다니느라 온종일 코빼기도 보이지 않아!"

마래가 개입하지 않았더라면 그 일은 단순한 화재 사고로 묻혔을 것이다. 고소공포증이 심한 아버지가 십오층 외벽에 매달려 작업을 하다 돌아가신 그때처럼.

그 누구도 아버지의 죽음에 의문을 품지 않았고 뭐가 잘못된 것인지 알아보려 하지 않았다. 건설회사에서는 어차피 벌어진 일이라고 했다. 죽은 사람이 살아 돌아오는 것도 아닌데 합의금을 받는 걸로 정리하자고 했다.

언젠가 연우는 마래에게 왜 자꾸 복잡하고 힘든 일에 나서냐고 물었다. 마래가 담담한 목소리로 대답했다.

"그게 내 일이나 내 가족 일이 될 수도 있으니까요. 직접 당해보면 알게 되거든요. 그때 가만있어서는 안 되는 거였다는 걸."

퇴근 시간이 되자 사람들이 하나둘 사무실을 빠져나갔다.

혼자 남은 연우는 줄곧 퀀텀폰으로 연락을 시도했지만 마래는 받지 않았다.

운명은 선택이 결정한다

그 시각 마래는 경찰서 유치장에 갇힌 채 작은 창문으로 밖을 내다보고 있었다. 직사각형 창문 너머로 보라색 땅거미가 내려앉았다.

이곳에 들어온 지 꼬박 하루가 지났다. 퀀텀폰마저 빼앗겨 회사에 구조를 요청할 수도 없었다. 누군가 자신의 부재를 깨닫고 구해주러 오길 기다리는 수밖에.

마래는 독극물이 든 상자에 갇힌 슈뢰딩거의 고양이가 된 기분이었다.

고양이가 죽었는지, 살아 있는지 알기 위해서는 우선 독극물이 든 상자를 열어봐야 한다. 이때 누군가는 주저할 것이다. 상자를 열었다가 자신도 독극물에 감염될지 모르고, 굳이 고양이 사체를 보고 싶진 않으니까.

마래는 언제나 상자를 열어보는 쪽을 선택했다. 고양이가 죽지 않았다면 재빨리 구해줘야 할 테고, 만약 죽었다면 장례를 치러줘야 할 테니까.

이번에도 자신이 한 선택을 후회하진 않았지만 더 나은 방법은 없었는지 끊임없이 자문했다. 회사가 어려움에 처하고 엔딩플래너들이 위험에 노출됐을지 모른다고 생각하니 미안함과 두려움이 동시에 밀려들었다.

이곳으로 끌려오기 전 마래는 피시방에서 늦은 점심으로 컵라면 면발을 쪽 빨아올리고 있었다. 역시 컵라면은 피시방에서 먹어야 제맛이었다. 면발을 씹으며 천지은이 만난 엔딩플래너에 관한 기사를 일일이 삭제했다. 엔딩플래너에 대한 정보가 유출되면서 디지털 큐레이터들의 업무량이 급증했기 때문이었다. 동료로서 미안한 마음에 시작한 일이자 나름의 자구책이었다. 그러면서 남은 컵라면 국물을 들이켜는데 경찰이 피시방으로 들이닥쳤다.

경찰은 신고가 들어왔다며 마래에게 동행을 요구했다. 취조를 받으면서 더 큰 문제가 발생했다. 마래의 신분을 밝혀줄 주민등록증이나 일치하는 지문조차 나오지 않았던 것이다. 의혹이 눈덩이처럼 커졌다. 마래는 핑곗거리를 고민했다. 탈북했다고 할까? 아니면 취업하려고 밀입국했다고 할까? 하지만 그랬다간 일이 더 커질 것 같았다.

유치장 철문이 철커덩하며 열렸다.

"문마래 씨, 나오세요."

처음에 마래는 잘못 들은 줄 알았다. 그러자 경찰이 다시 한번 불렀다. 문마래? 언제부터 안동 권씨 사십이 대손인 자신이 문씨가 됐단 말인가.

경찰은 의심의 눈초리로 마래를 아래위로 훑어보았다.

"진짜 문지수랑 자매 맞아요? 하나도 안 닮았는데……."

경찰이 고개를 갸웃하며 알 수 없는 말을 중얼거렸다.

마래는 퀀텀폰을 돌려받고 나서야 마침내 풀려났다는 걸 실감했다. 퀀텀폰 화면을 켜며 경찰서를 나섰다.

저쪽에서 수수한 차림의 중년 여자와 화려하게 차려입은 젊은 여자가 다가왔다. 젊은 여자가 향수 냄새를 폴폴 풍기면서 플라스틱 팩에 담긴 두부를 내밀었다.

"엄마가 건강을 생각해서 국내산 유기농 콩으로 만든 두부로 샀대요."

중년 여자는 민낯인데도 얼굴에서 빛이 났다. 여신이 따로 없었다. 그런데 여신은 환상이 아닌 현실 속 인간이며 경상도 출신임이 틀림없었다.

"아이고, 무시라. 얼마나 욕봤으면 한창나이에 얼굴이 와

이리 상했노."

마래는 마른손으로 푸석한 얼굴을 쓸어내리며 허허 웃었다. '원래 이 얼굴인데요'라는 말은 차마 할 수 없었다. 그나저나 회사 사람들은 어디 가고 이 사람들은 도대체 누구지?

"플래너님, 저 이 우주 진짜 맘에 들어요. 그냥 여기서 살까봐요."

"뭐라카노. 우리 아가 이번 영화에 주연배우로 출연한다 아닙니꺼. 역할이 시간 여행하는 탐정인데, 요새 현실과 영화를 혼동해서 내사 불안해죽겠다. 물론 마래 씨도 우리 지수 잘 알지요? 하기야 대한민국에서 우리 문지수 모르면 간첩 아닙니꺼. 호호."

마래는 뜨끔했다. 문지수라는 이름이 낯설었기 때문이었다. 그나저나 짙은 사투리만 빼면 어머님이 훨씬 더 배우 같으신데. 가만있자, 어디서 많이 본 얼굴인데…….

"혹시 최영혜 배우님?"

지수가 신이 나 종알거렸다.

"글쎄, 이 우주에선 제 매니저래요. 말도 안 돼. 내가 완전 유명한 배우고."

영혜가 마래의 등을 두드리며 위로를 건넸다.

"내사 무슨 사연인지는 모르겠지만 무연고로 지금까지 살았다면 그동안 얼마나 욕봤겠습니꺼. 어쩌다 가족도 없이 험한 일에 얽혔는지 모르겠다만 옛날 일은 싹 다 잊어버리고 이제라도 새 인생 사이소."

사실 유치장에 있으면서 마래는 자신이 이곳에 있다는 걸 아무도 모를까봐, 그래서 영영 무연고로 갇혀 있게 될까봐 무서웠다. 돌아갈 집도, 다니는 직장도, 월급이 든 통장도 없는 이 우주에서 마래는 없는 사람이나 마찬가지였다.

"이게 다 우리 최영혜 여사님과 제 열연 덕분인 줄 아세요, 플래너님. 우리에게 신세 진 거 잊으시면 절대 안 돼요!"

지수가 해맑은 얼굴로 말을 이었다.

"우리 엄마가 연기를 얼마나 잘했는지 아세요? 남몰래 키우던 배다른 딸이 가출했다고, 백방으로 딸을 찾으러 안 가본 곳이 없다고 펑펑 울면서 하소연하는데 거기 있던 경찰들이 다 같이 울었다니까요. 하, 아깝다. 이렇게 연기를 잘하는데 여기선 그냥 왕년에 배우가 꿈이었다니."

"경찰이 그 말을 믿고 나를 풀어줬다고요?"

"동네 피시방에서 기사 몇 개 삭제한 걸로는 기소하기가 어려워 어떻게 처리해야 할지 고민하고 있었다더라고요."

영혜는 이게 다 무슨 소리냐는 얼굴로 지수와 마래를 번갈아 바라보았다.

마래는 이제야 짐작이 갔다. 여기 있는 지수는 이 우주에 사는 지수가 아니었다. 다른 우주에 사는 지수가 몸을 빌려 이곳에 와 있었다. 지수의 엄마인 영혜는 이 우주 사람인지라 이게 어떤 상황인지 상상도 하지 못했다.

"내가 여기 있다는 건 누가 알려줬어요?"

"가보면 알아요. 저쪽에서 기다리고 있어요."

마래는 지수가 가리키는 곳을 쳐다보았다. 이차선도로 건너편이었다. 환하게 불을 밝힌 편의점 옆으로 짙은 어둠이 깔려 있었다. 골목 안쪽에서 검은색 옷을 입은 사람이 이쪽을 바라보고 있었다.

영혜는 밤이 늦었다며 마래에게 자기 집으로 가자고 했다. 처음 보는 사람에게도 따뜻한 말과 친절을 베푸는 영혜가 마래는 진심으로 사랑스러웠다. 외모만큼이나 마음도 아름다운 사람이었다.

마래가 안타까워하며 영혜의 손을 꽉 잡았다.

"꿈을 포기하지 마세요. 어머님이 대한민국 최고의 배우가 되실지 누가 알아요?"

영혜가 큰 소리로 웃으며 손사래를 쳤다.

"난 우리 지수를 대한민국, 아니 세계 최고 배우로 키우는 거 외엔 욕심 없다."

지수가 머쓱한 표정으로 어깨를 으쓱거렸다. 그러더니 마래의 등을 떠밀며 말했다.

"자, 그만 가보세요. 엄마는 집에 모셔다드리고 이제 나도 갈래요."

"가요? 어디로?"

지수가 나직이 속삭였다.

"진짜 우리 엄마한테 가야죠. 여기 엄마는 집착이 너무 심해요. 자신이 이루지 못한 꿈을 딸에게 대신 이루게 하려는 의지가 어찌나 강하신지 사사건건 참견해요."

지수는 싱긋 웃으며 오른손을 들어 보였다.

"이 작은 손에 스물일곱 개의 뼈가 있대요. 사고가 나지 않았다면 내 손안에 이렇게 많은 뼈가 있는지 몰랐을 거예요. 여전히 진통제 없이 견딜 수 없고 오른손을 쓸 수 없다는 걸 순간순간 의식하며 살아가겠죠. 하지만 이젠 사고가 일어나지 않았다면 어땠을까 하고 가정해보는 건 그만하려고 해요."

지수가 말을 이었다.

"생전생애 체험을 하며 사고가 일어나지 않은 우주에 수없이 가봤거든요. 그런데 내가 연기를 하지 않는 우주는 단 한 군데도 없더라고요."

사람들은 생전생애 체험을 통해 이루지 못한 꿈을 이루고

만나고자 했던 사람을 만나길 원했다. 하지만 현실은 꿈꿔온 백일몽과 달랐다. 오히려 상황이 더 나빠지거나, 믿었던 사람에게 배신당하고 고통스러워하는 자신을 보며 절망하게 되는 경우도 있었다.

그리고 대부분은 자신이 현재와 그리 다르지 않은 삶을 살고 있다는 걸 확인하게 되었다. 결국 한 사람의 운명은 단 한 번의 선택으로 이루어지는 것이 아니라, 수많은 선택이 다층적으로 쌓여 만들어지는 것이다.

"너무 많은 우주를 돌아다니다보니 원래 내가 누구인지도 헷갈려요. 플래너님 말대로 이러다 다른 사람 평행우주에 내 의식이 갇혀버릴 것 같아요. 이젠 진짜 집에 갈래요."

지수가 덥석 영혜의 팔짱을 꼈다. 평소와 달리 다정한 딸의 태도에 영혜는 당황했다. 그간 대화는커녕 자신을 무시하며 말도 잘 걸지 않던 딸이 한 번만 도와달라고 부탁했을 땐 눈물이 다 났다. 한편으로 그동안 힘들어하는데도 따뜻한 말 한마디 안 해주고 조금만 더 참으라며 몰아세운 것이 미안하기도 했다.

두 사람은 팔짱을 낀 채 티격태격하며 멀어져갔다.

마래는 두부가 든 비닐봉지를 들고 어두운 골목길로 향했다. 누군가 서서히 모습을 드러냈다. 마래의 눈이 저절로 크게 뜨였다.

"기분이 묘하네요. 나와 똑같은 사람과 마주한다는 게."

언젠가 평행우주에서 또 다른 자신과 마주칠 수 있으리라고 생각은 했다. 그럴 때 어떻게 대처해야 하는지 엔딩플래너 매뉴얼에도 자세히 나와 있었다.

첫째, 대화와 신체 접촉, 시선 교환 등 모든 형태의 상호작용을 즉각 중단합니다.

둘째, 패닉상태에 빠지지 않도록 차분하게 심호흡합니다.

셋째, 회사와 긴급 연락을 취하고, 가장 안전하고 빠른 이탈 경로로 복귀합니다.

마래이면서 마래가 아닌 마래가 물었다.

"우리 두 사람의 우주는 언제 나뉘게 된 걸까요?"

마래도 궁금했다. 두 사람의 우주는 어느 시점부터 나뉘었을까?

"그걸 안다고 뭐가 달라지겠어요. 여하튼 우리가 같은 직업을 갖고 있는 건 확실하네요."

마래이면서 마래가 아닌 마래가 웃었다.

"그런데 내가 여기에 갇혀 있는 건 어떻게 알았어요?"

"지수가 이 세계로 오는 바람에 따라왔다가 알게 되었어요. 어쩌면 우리의 만남은 운명이었는지도 모르죠."

운명이라…….

"굳이 독극물이 든 상자를 열어 고양이를 꺼내야 할 팔자가 운명이라고 한다면, 그럴지도 모르죠."

마래이면서 마래가 아닌 마래가 어리둥절한 얼굴로 쳐다보았다. 그러더니 어깨를 으쓱하고 말했다.

"난 믿어요. 당신은 어떤 상황에서도 잘해나갈 거예요."

한 존재가 다른 존재에게 이렇게까지 확고한 믿음을 보여줄 수 있을까? 그것도 자기 자신에게……. 참으로 오랜만에 마래는 가슴속이 꽉 차오르는 느낌을 받았다.

마래이면서 마래가 아닌 마래가 잠시 망설이더니 입을 열었다. 두 사람 다 알고 있었다. 이 말을 내뱉는 순간 우주가 나뉘리라는 것을.

"내가 믿지 못하는 사람은…… 태영 님이에요."

결과가 어떻게 될지 모르면서 왜 이런 말을 해주느냐고 마래는 묻지 않았다. 분명 처음부터 독극물이 든 상자 안에 고양이를 넣지 않을 방법이 있을 테니까.

우연이 만든 필연

어느새 퇴근 시간이 훌쩍 지났다. 사무실에서 마래를 기다리던 연우는 무겁게 내려앉는 눈꺼풀을 비비며 자리에서 일어났다. 며칠째 악몽을 꾸느라 잠을 설쳤다.

막 모퉁이를 돌아 집 앞에 다다랐을 때였다. 골목에서 누군가 기다리고 있었다.

"왜 전화를 안 받아. 내가 몇 번이나 걸었는지 알아?"

연우는 심장이 덜컹 내려앉았다. 승윤이었다.

"한 번만 더 안 받아봐. 그땐 죽을 줄 알아!"

롤러코스터를 탄 것 같은 하루였다. 예전 같으면 승윤의 말 한마디에 저절로 몸이 움츠러들었겠지만 지금은 귀찮고 피곤하게만 느껴졌다. 그러면서 지난 한 해 동안 자신이 얼마나 많이 변했는지 깨닫게 되었다.

"왜 자꾸 전화하는데?"

"허, 시체 닦는 일 한다더니 이젠 겁대가리도 상실했냐?"

"용건이 뭔데?"

어떤 말을 해도 연우가 말려들지 않자 승윤은 당황한 기색이 역력했다.

"네 아버지 시신도 네가 닦았냐?"

이 말만은 하지 말았어야 했다. 아버지 얘기만은……. 이게 다 누구 때문인데!

연우는 주먹을 쥔 채 승윤에게 달려들었다. 억울하고 분해서 심장이 터질 것 같았다. 그제야 승윤이 비열한 미소를 지으며 연우의 손을 뿌리쳤다.

"시체나 닦는 더러운 손으로 누굴 만지는 거야?"

승윤이 의기양양한 얼굴로 말을 쏟아냈다.

"네가 쓸데없는 소리만 하지 않았어도 우리 형은 죽지 않았어. 이게 다 누구 때문인데. 다 너 때문이야!"

승윤의 말이 전혀 귀에 들어오지 않았다. 어떻게 저 자식에게 복수할 수 있을까……. 그 생각밖에 들지 않았다.

"어떻게 알았는지 그 여자가 나를 고소했어. 허, 일 년이나 지난 일을 가지고 이제 와서 재판에 나오란다."

승윤은 소리 내어 웃었지만 얼굴은 전혀 웃고 있지 않았다.

"이 일만 끝내면 인연 끊어준다. 나도 너 다시는 보고 싶지 않으니까. 그러려면 네가 어떻게 진술해야 하는지 정도는 알고 있겠지?"

그제야 연우는 지난달 법원에서 온 통지서를 떠올렸다. 사건의 목격자로서, 법정에 증인으로 출석해달라는 내용이었다.

승윤과의 악연은 어쩌면 우연이 만들어낸 지독한 필연인지도 몰랐다.

연우는 그날 왜 자신이 평소대로 대로변을 따라 집으로 돌아가지 않았는지, CCTV도 없는 공원으로 접어들었는지 몇 번을 다시 생각해도 알 수 없었다.

야간자율학습이 끝나고 가로등 불빛조차 들지 않는 공원으로 막 들어설 때였다. 어둠 속에서 검은색 후드를 뒤집어 쓴 남자가 여자의 어깻죽지에 얼굴을 파묻고 있었다. 두 사람은 얼핏 사이좋은 연인 같았다. 연우는 괜히 무안해서 뻘쭘하게 고개를 푹 숙인 채 걸음을 재촉했다.

그때 나직한 말소리가 들렸다.

"살려주세요!"

잠깐 주변을 둘러보던 연우는 놀라 멈춰 섰다. 두 사람의 자세가 이상했다. 뒤에서 안고 있는 남자가 여자의 입을 틀어막고 커터칼로 목을 겨누고 있었다. 그 모습을 본 연우는 놀라 가슴을 부여잡았다. 자신의 심장소리가 귓전에 울리는 듯했다.

하지만 뭘 어떻게 해야 할지 알 수 없었다. 칼을 든 남자에게 섣불리 덤볐다간 여자가 다칠 수도 있었다. 지나가는 사람이 없어 소리를 질러봐야 소용없어 보였다. 차라리 얼른 이곳을 빠져나가 경찰에 신고해야 할까?

연우가 결정을 내리지 못하고 망설이는 사이, 칼을 든 남자가 고개를 들었다. 연우는 숨을 헉 들이마셨다.

"……최승윤?"

그러자 승윤도 연우를 알아본 듯 몸을 움찔했다.

그때였다. 분노에 찬 목소리가 날카롭게 어둠을 갈랐다.

"미친 새끼! 이거 안 놔!"

연우의 목에서 흘러나온 소리가 아니었다. 여자의 목소리였다.

여자는 승윤이 잠시 한눈을 판 사이, 승윤의 사타구니를 힘껏 걷어찼다. 승윤이 비틀거리며 주저앉았다가 잠시 후 몸을 일으켜 도망갔다. 그 모습을 보고는 연우도 재빨리 공원을 빠져나왔다.

며칠 뒤 담임이 연우를 상담실로 불렀다. 검은 점퍼를 입은 남자가 자신을 형사라고 밝히더니 맞은편에 앉았다. 연우는 자기도 모르게 고개를 푹 숙였다. 형사는 연우에게 그날 밤 공원에 갔었는지 물었다. 공원에 CCTV는 없었지만 입구에 주차된 차량의 블랙박스에 연우가 공원으로 들어가는 모습이 담겨 있었다고 했다.

"네가 얼굴을 봤을 거라고 하더라. 서로 아는 사이 갔았다고 하던데, 맞니?"

연우는 슬쩍 담임을 바라보았다. 담임은 굳은 얼굴로 눈을 피했다.

연우가 우물쭈물하자 형사는 형식적인 절차라며 진술서를 내밀었다.

"그날 본 걸 여기 써주기만 하면 돼."

연우는 형사의 지시에 따라 육하원칙에 맞춰 진술서를 작성했다. 하지만 그날 공원에서 본 사람이 누구였는지는 적지 않았다. 승윤이 왜 커터칼을 들고 있었는지, 무슨 일을 하려고 했는지는 잘 모르겠지만 괜히 나서서 문제를 일으키고 싶지 않았다.

형사가 연우의 진술서를 들고 자리에서 일어나며 담임에게 말했다.

"신고가 들어와서 수사중이긴 하지만 우발적이었고 피해도 크지 않아서 추가 목격자가 없으면 수사를 종결할 예정

입니다."

그때까지 연우는 '우발적'이라는 단어의 의미를 정확히 몰랐다. 그래서 형사가 돌아가고 난 뒤 검색해보았을 때 꽤 놀랐다.

우발적: 어떤 일이 예기치 아니하게 우연히 일어나는 것.

미리 커터칼까지 준비한 일이 어떻게 우발적이라는 것인지 이해할 수 없었다. 하지만 더는 이 일에 관심을 두지 않기로 했다. 승윤의 성격을 잘 알기에 괜히 사건을 크게 만들고 싶지 않았다. 다행히 형사는 다시 찾아오지 않았고 담임은 아무것도 묻지 않았다.

연우에게 관심조차 없던 승윤의 태도가 달라진 건 그때부터였다.

승윤은 연우에게 자주 말을 걸었고 쉬는 시간이면 매점에서 뭘 사다줄까 물었다. 점심시간에는 같이 급식실에 가자며 교실 뒷문에서 연우의 이름을 불렀다. 교실 창틀에 쌓인 먼지같이 희미하던 연우의 존재가, 승윤 덕분에 교실 안에서 자유롭게 부유하기 시작했다.

연우는 승윤의 이러한 태도 변화가 당황스러웠다. 자꾸만 가족이나 친구 관계에 대해 캐묻는 것도 불편했다.

시간이 지나면서 승윤의 의도가 드러났다. 승윤은 그날 밤의 일을 직접적으로 입에 올리지는 않았지만 은근한 방식으로 언급했다.

"우리는 서로 도움을 줄 수 있는 사이야. 그러려면 네가 어떻게 해야 하는지 정도는 알고 있지?"

그러면서 연우의 아버지 이야기를 꺼냈다.

"우리 아버지가 너희 아버지 때문에 힘들다고 하시던데. 내가 잘 얘기해볼게. 너희 아버지가 계속 우리 마트에서 일하실 수 있도록 말이야."

승윤이 한쪽 입가를 비틀며 웃었다. 연우가 그날 일을 입 밖에 내면 다시 창틀에 처박힐 뿐만 아니라, 아버지도 마트에서 계속 일할 수 없을 거라는 협박이었다.

연우의 아버지는 고지식하기로 유명했다. 마트에서 품질이 조금이라도 의심스러운 제품은 진열하지 않았고, 상품을 하나라도 더 팔기 위한 영업용 멘트도 하지 않았다. 다른 마트와 전부 비교해보지 못했으니 '최저가'라고 장담할 수 없다고 했다. 그 때문에 마트 사장에게 자주 지적을 당했다.

"사장님, 과장 광고는 결국 우리 마트의 신뢰를 떨어뜨리는 거예요. '다시 오지 않는 기회'라니요? 매일 세일하면서 무슨 다시 오지 않는 기회예요?"

사장이 손을 휘저으며 화를 냈다.

"이 답답한 사람아, 고객이 원하는 건 무조건 저렴한 가격과 행사야. 자네가 생각하는 원칙이나 신뢰 따위가 아니라고!"

자칫 자신 때문에 아버지가 마트에서 잘릴지도 모른다고 생각하니 연우는 마음이 무거웠다.

결국 버티다 못한 연우는 아버지에게 공원에서 있었던 일을 털어놓았다.

"사실…… 야자 끝나고 집으로 오는 길에 공원에서 최승윤을 봤어. 그런데 학교로 형사가 찾아왔을 때 걔 봤다고 말안 했어. 최승윤이 그랬거든. 아빠가 마트에서 계속 일하게 하고 싶으면……."

연우가 조급한 마음에 횡설수설하자 아버지가 물었다.

"네가 말하는 승윤이가 사장님 아들을 말하는 거야?"

연우는 왜 눈물이 나는지 알 수 없었다. 가로등 불빛조차 들지 않는 어둠 속에서 쩌렁쩌렁 울리던 여자의 목소리가, 다급하게 도망치던 승윤의 발소리가 자신을 덮쳐오는 것만 같았다.

"그러니까 아빠도 조심해야 해. 이 일은 아무한테도 말하지 마. 걔 원래 그래. 저러다 그만둘 거야. 나만 입다물고 있으면, 아무한테도 말 안 하면…….”

아무 일도 일어나지 않을 거야.

“연우야, 중요한 건 피해를 본 사람이 있다는 거야. 다시 오지 않는 기회 같은 건 없지만 살다보면 놓쳐선 안 되는 순간이 있어. 걱정하지 마. 아빠가 방법을 찾아볼게.”

아버지가 틀렸다. 다시 오지 않는 기회를 놓친 아버지는 며칠 후 마트에서 해고당했다. 그렇게 한동안 구직 활동에 전념하다 건설 현장에 나가게 되었다.

“내가 뭐라고 했어. 아무한테도 말하지 말라고 했잖아. 이게 다 아빠 때문이야. 아빠가 선택한 거라고!”

아버지는 사장에게 승윤의 일을 말했다고 했다. 아직 어리니까 잘 타일러서 자신의 행동을 진지하게 반성하고 스스로 책임지는 기회를 가질 수 있게 하자고 했다. 연우는 그런 아버지를 이해할 수 없었다. 그 일만 모른 척했으면 되었다. 그럼 마트에서 해고되지 않았을 것이고, 건설 현장에서 사고를 당하지도 않았을 것이다.

“네가 함부로 입을 놀리는 바람에 우리 형이 죽은 거야.”

지난 일 년 새 무슨 일이 있었는지 승윤은 몰라보게 변해 있었다. 살이 빠져 얼굴은 더 날카로워졌고 눈빛이 어둡다 못해 컴컴했다.

"그 일로 형이 아버지와 크게 다퉜으니까. 이 모든 게 네 탓이야. 너 때문에 우리 형이 죽었다고!"

골목의 어둠을 뚫고 승윤의 원망과 분노가 날아들었다.

"형의 장례를 치르면서 알게 됐어. 돈만 있으면 과거는 얼마든지 지울 수 있다는 걸. 아버지는 형이 이 세상에 존재하지 않았던 것처럼 형에 관한 기록을 죄다 지워버렸어. 그러니까 네가 진술만 잘 해준다면 너와 내 악연도 흔적 없이 지워버릴 수 있다고. 내 말 알아들었어?"

잠시 생각에 잠겨 있던 연우가 입을 열었다.

"기록이라면 나도 지워줄 수 있어. 엔딩플래너는 고인의 과거를 지워주기도 하지."

"이제야 대화가 좀 통하네. 그래, 네 머릿속에 남은 그 얼토당토않은 기억은 싹 지워버리란 말이야!"

"그러려면 계약서를 써야 해. 그래야 내가 네 개인정보에 접근할 수 있는 권한이 생기거든."

"네 기억이나 지우라고. 내 기억은 내가 알아서 할 테니까."

"우린 같은 기억을 가진 것 같은데. 나 하나만 지운다고 없었던 일이 될까? 너도 그 일이 없었던 일이 되길 바라는 거 아니었어?"

"돈이 필요하다는 거야? 새끼야, 그건 걱정하지 마. 그까짓 거 네가 달라는 대로 줄 테니까!"

승윤이 악에 받쳐 소리쳤다.

"돈은 필요 없어. 나도 그 일을 잊고 싶을 뿐이야. 생각해 본 적 없어? 만약 그날 네가 공원에 가지 않았더라면 어땠을까? 아예 그 일이 일어나지 않았으면 어땠을까?"

승윤의 눈동자가 불안하게 요동쳤다.

"한 번도 후회한 적 없냐고."

연우가 담담한 목소리로 말을 이었다.

"갈 수 있어. 네 형이 살아 있는 우주로……."

"나보고 뒈지라는 거야? 죽은 사람을 만나서 뭘 어쩌라고. 그런 곳은 너나 가. 난 관심 없으니까."

연우는 조바심 때문에 손이 떨렸지만 침착하게 퀀텀폰을 꺼냈다. 그러고는 홀로그램 화면 위로 계약서를 띄웠다.

"여기에 네 이름을 적기만 하면 돼. 바로 네가 원하는 우주로 갈 수 있어."

승윤이 차갑게 웃었다.

"나중에 딴소리하는 거 아니지?"

연우는 이 선택이 어떤 결과를 가져올지 알 수 없었다. 하지만 적어도 후회하지 않을 자신이 있었다. 어쩌면 자신이 엔딩플래너가 된 것도 다 이러기 위해서였는지 모른다는 생각이 들었다.

승윤이 벌벌 떨며 사정해도, 무릎을 꿇고 살려달라고 빌어도 절대 용서해주지 않을 것이다. 그렇게 다짐하며 연우는 회원 등록 버튼을 눌렀다.

치즈 컵라면

승윤은 초등학교 때 방과후 수업에서 마술을 배운 적이 있었다. 그때 마술에 푹 빠져 새로운 마술 용품을 사기 위해 부모님이 운영하는 마트에서 일을 도와주며 용돈을 모으기도 했다.

데이비드 코퍼필드라는 마술사를 알게 된 건 그 무렵이었다. 다른 마술사들이 손으로 하는 카드 머니퓰레이션 등을 선보일 때 그는 나이아가라폭포를 통과하거나 그랜드캐니언 위를 공중 부양하고 눈앞에서 자유의여신상이 사라지게 했다. 눈속임이라는 걸 알면서도 승윤은 그의 마술에서 눈을 떼지 못했다.

그런데 지금 연우는 마술에서 가장 핵심적인 기술이자 시선을 분산시키는 동작인 '미스 디렉션'도 하지 않고 눈앞에

서 사라졌다. 생전생애 체험인가 하는 계약서에 서명한 직후
였다.

"박연우, 너 속임수인 거 다 아니까 빨리 나와!"

적막한 골목에 승윤의 목소리만 울려퍼졌다.

승윤은 연우가 주고 간 퀀텀폰을 내려다보았다. 형이 살아
있는 세계로 갈 수 있다니……. 그런 곳에는 가고 싶지 않았
다. 그저 아버지에게 복수하고 싶었다. 형이 죽은 건 다 아버
지 때문이니까.

승윤은 퀀텀폰이 부서져라 꽉 쥔 채 중얼거렸다.

"아버지만 없었더라면……."

그때 퀀텀폰 화면이 밝게 빛났다. 승윤의 눈앞에 장례식장
빈소에서 울고 있는 어머니 모습이 보였다. 국화꽃으로 둘러
싸인 영정사진은 아버지였다. 어머니의 울음소리가 승윤의
귓전을 울렸다. 곧이어 공간이 뒤틀리기 시작했다. 승윤은
겁에 질린 채 뒷걸음치다 뒤로 나자빠졌다. 그러고는 의식을
잃었다.

눈을 떴을 때는 집안이었다. 연우가 속임수를 쓰고 눈앞에
서 사라진 것까지는 기억이 나는데, 자신이 어떻게 집으로
왔는지는 전혀 생각나지 않았다.

승윤은 주방으로 가 냉장고에서 보리차가 든 물병을 꺼냈

다. 그러고는 병째 들고 벌컥벌컥 들이켰다. 어머니는 매일 아침 보리차를 끓여 냉장고에 넣어두었다.

식탁 위에 놓여 있는 서류봉투가 눈에 들어왔다. 법원에서 온 것이었다. 작년에 학교 앞 공원에서 있었던 일로 고소당해 기소가 되었다. 이 일만 아니었어도 연우를 다시 만날 일은 없었다. 변호사는 미성년자일 때 벌인 일이고 초범이라 정상참작이 될 거라면서도 목격자가 어떻게 진술하느냐에 따라 결과가 달라질 수 있다고 했다.

골치가 지끈거렸다. 승윤은 손으로 머리를 감싸며 관자놀이 부근을 엄지손가락으로 꾹꾹 눌렀다.

그날은 집 근처 독서실에서 공부하다 잠깐 바람을 쐬러 일층으로 내려갔다. 편의점 아르바이트생이 바뀌었는지 커다란 뿔테안경을 쓴 여자애가 계산대 뒤에 서 있었다. 계산대 한쪽에는 수능 기출 모의고사 문제집이 펼쳐져 있었다.

승윤은 컵라면에 수프와 물을 부은 다음 전자레인지에 넣고 조리 버튼을 눌렀다. 라면이 익는 동안 알바생이 계산대 뒤에 앉아 몸을 숙이고 문제집을 푸는 모습을 지켜보았다.

띵, 기계음이 울렸다. 정신을 차린 승윤은 전자레인지 문을 열다 멈칫했다. 평소에 승윤이 먹던 컵라면이 아니었다. 항상 같은 자리에 있어 무심코 집었는데 그새 진열 위치가 바뀐 모양이었다. 승윤은 라면을 그대로 쓰레기통에 쑤셔넣었다. 치즈가 든 컵라면은 형이 좋아하는 거였다.

한 살 차이밖에 나지 않았지만 승윤에게 형은 가족 이상의 존재였다. 어려운 일이 있을 때마다 항상 구해주는 영웅이었다.

승윤은 욱하는 성격 때문에 때때로 문제를 일으키곤 했다. 동네에서 할인마트를 운영하는 부모님은 항상 바빠 대부분 간단히 넘어가려 했다. 하지만 형은 그렇지 않았다. 문제를 회피하지 않았고 승윤에게 직접 책임지게 했다.

승윤이 친구와 다투고 주먹을 휘둘렀을 때, 형은 승윤을 그 친구의 집으로 데려가 직접 사과하도록 했다.

"승윤아, 잘못을 인정하고 사과할 수 있는 게 더 큰 용기야. 형은 네가 용기 있는 사람이라고 믿어."

형의 목소리는 단호했지만 그 안에 담긴 승윤을 향한 믿음과 사랑은 한결같았다.

승윤이 아버지에게 혼나거나 욱하고 나서 후회할 때면 형은 승윤을 편의점으로 데려가 컵라면을 사주곤 했다. 그러면 잠시나마 승윤은 거칠게 휘몰아치는 감정의 소용돌이에서 벗어날 수 있었다.

형이 달라진 건 고등학교에 진학한 후였다. 이전에는 자신의 감정을 잘 드러내지 않고 말수도 적던 형이 자주 자신의 고민과 관심사를 이야기하곤 했다. 자신이 느끼는 두려움과 불안까지도 솔직하게 표현했다. 특히 다른 사람들의 아픔과 고통에 대해 예민하게 반응하며 공감했다. 승윤은 형의 변화가 낯설었지만 한편으로 마음에 들었다.

그러던 어느 날이었다. 학부모 상담 주간이 훌쩍 지난 늦은 봄, 학교에서 전화가 걸려왔다. 어머니는 별 거리낌없이 쾌활한 목소리로 전화를 받았다.

"네, 선생님. 잘 지내시죠? 승찬이가 지난달 과학 탐구 토론대회에서 큰 상을 받아왔더라고요. 선생님이 잘 지도해주셔서……."

승윤은 통화에 방해가 되지 않게 조용히 주방으로 향했다. 처음에는 물만 마시고 들어갈 생각이었는데 점심 먹은 게 벌써 소화가 되었는지 허기가 졌다. 라면을 끓일까 하다 그냥 컵라면 뚜껑을 열었다.

통화가 길어졌다. 어머니는 내내 듣기만 하다가 갑자기 울음을 터뜨렸다.

"선생님, 아니에요. 승찬이는 제가 더 잘 알아요. 그럴 애가 아니에요."

식탁에 앉아 있던 승윤이 놀라 어머니 쪽으로 고개를 돌렸다. 그러고도 통화는 한참 이어졌다.

전화 통화가 끝난 다음에도 어머니는 휴대폰을 손에서 놓지 않았다. 그러다가 벌떡 일어나 안방으로 들어가더니 누군가에게 급히 전화했다. 곧 어머니의 고함이 들려왔다.

"너 어디야! 당장 집으로 들어와!"

그날 밤 형은 아버지에게 골프채로 죽도록 맞았다. 어머니가 악을 쓰며 말렸지만 소용없었다. 어머니가 내지르는 비명 속에 의미를 알 수 없는 단어들이 띄엄띄엄 섞였다.

남자, 커튼, 키스, 미친놈, 제정신, 아니야.

형이 과학실 커튼 뒤에서 남자랑 키스했다는 건 나중에 알게 되었다. 그때는 이미 그 장면을 몰래 찍은 동영상이 SNS에 돌아다니고 있었다.

영상을 찍고 유포한 학생이 누구인지 밝혀지면서 학교폭력 위원회가 열렸다. 가해자 부모가 생활기록부에 남는 것만은 피하게 해달라고 무릎을 꿇고 사정했다. 괜히 소문이라도 날까봐 두려워하던 아버지는 사과를 받고 영상을 지우는 걸로 급하게 마무리했다.

그렇게 그 일이 사람들의 기억에서 잊혀갈 때쯤 혐오와 폭력은 또 다른 모습으로 형을 괴롭히기 시작했다.

인간의 기억은 아무리 가혹하고 지독한 일일지라도 시간

이 흐를수록 점차 희미해진다. 하지만 디지털 기록은 데이터 형태로 영구히 저장되어 언제 어디서든 쉽게 검색하고 다시 불러올 수 있다. 이렇게 시간이 흘러도 소멸하지 않는 디지털 기록은 현재뿐만 아니라 과거의 사실들마저 왜곡시키고 결국 미래까지 위협한다.

가해자의 SNS 계정에 올라왔던 형의 동영상은 지워졌지만 화면이 캡처된 형태로 형의 사진은 끊임없이 디지털 세계에 나돌았다.

그때부터 형은 가슴 통증을 호소했다. 현관문을 나서기라도 하면 통증이 더 심해졌다. 결국 형은 학교를 자퇴하고 집에 틀어박혔다. 그리고 병원에 가는 날 외에는 자기 방에서 나오지 않았다.

컬럼비아호 무료 탑승권

마트가 쉬는 날이면 연우는 아버지와 부루마블 보드게임을 했다. 아버지는 주사위를 굴리고 돈이 들어올 때마다 부동산 투자에 열을 올렸다. 아버지가 도시를 사고 그 땅에 건물을 짓는 동안 연우의 눈길은 오직 한곳에 쏠려 있었다. 1988년 올림픽 마크가 붙은 서울이었다. 살 때는 백만 원이라는 큰돈이 필요하지만 따로 건물을 지을 필요 없이 따박따박 이백만 원의 통행료를 받을 수 있으니 파리, 뉴욕 같은 도시하고는 비교가 되지 않았다.

다음으로 바랐던 건 우주여행이었다. 컬럼비아호 소유주에게 통행료 이십만 원만 내면 우주선을 타고 어디든 원하는 곳으로 갈 수 있었다. 마치 생전생애 체험 계약서에 서명하고 돈을 내기만 하면 어디든 갈 수 있는 것처럼.

승윤은 황금 열쇠 카드를 뒤집어 우주여행 초청장을 받은 거나 다름없었다. 연우는 승윤이 컬럼비아호 무료 탑승권을 마음껏 사용할 수 있도록 충분히 시간을 주었다. 그러고는 내비게이터로 현재 승윤이 있는 우주를 확인하고 목적지의 좌표를 입력했다.

*

연우가 초인종을 누르자 승윤이 현관문을 열어주었다.

"마침 연락하려던 참이야. 들어와."

뜻밖에도 승윤은 형이 살아 있는 우주에 있지 않았다. 정작 이 상황이 어리둥절한 사람은 연우였다.

생전생애 체험은 일요일 오후 소파에 누워 잠깐 꾸게 되는 백일몽과 비슷할지 모른다. 충족되지 못한 욕망이 아주 짧은 시간 동안 실현되는 꿈. 무의식 속 욕망이 깨어나 꿈틀대는 위험하지만 매혹적인 세계.

그렇기에 그 체험에는 엔딩플래너가 동행한다. 그들이 함께하기에 사람들은 자신의 욕망대로 폭주하지 않고 최소한의 규범을 지킨다.

연우가 승윤에게 혼자 여러 우주를 돌아다닐 수 있도록 충분한 시간을 주었던 건 그런 이유 때문이었다. 형이 살아 있는 우주에서 가장 행복해하는 그 순간, 다시 지옥과도 같은 현실로 데리고 올 생각이었다. 자신의 선택을 후회하며 고통스러워하는 승윤을 내려다보면서 한껏 비웃어줄 참이었다.

그런데 승윤은 연우의 예상보다 훨씬 침착했다.

"어떻게 된 일인지 모르겠지만 아버지랑 형이 죽었대. 형은 아버지한테 맞고 집을 나가 헤매다 길거리에서 죽었고, 아버지는 그후 술을 진탕 마시다 얼마 전 간경화증으로 죽었대. 어머니가 말해줬어. 그렇게 될 때까지 어머니는 뭘 했느냐고 물으니까 어떻게 그런 말을 할 수 있느냐며 울면서 뛰어나갔어."

승윤이 씩 웃으며 덧붙였다.

"모든 게 내가 원한 대로야."

연우는 상황이 자신이 의도한 대로 흘러가지 않았다는 걸 깨달았다. 그래서 당황해하며 말을 잇지 못하자 승윤이 웃음을 터뜨렸다.

"뭐야, 이게 진짜 내 평행우주라고?"

사실 연우는 서울이나 우주여행 카드를 가지고도 부루마블 게임에서 이겨본 적이 거의 없었다. 항상 주사위는 제멋대로 굴러갔고 게임 말은 가고자 하는 곳에 한참 못 미치거나 훌쩍 지나 멈춰 섰다. 그렇게 게임에서 지고 나면 연우는 속이 상해 울고불고했다.

그때마다 아버지는 안타까워하며 말했다.

"연우야, 행운이 오기를 기다리기만 하지 말고 작전을 짜 봐. 링컨 작전, 포드 작전, 삼십육계 작전, 카네기 작전, 노르 망디 작전…… 그중에서 뭐라도 하나 써봐."

이번에는 어떤 작전을 써야 승윤을 뼈저리게 후회하게 만들 수 있을까?

승윤이 어디로 튈지 모르는 상황이니 집중적으로 한곳에서 기다리기만 하는 카네기 작전은 안 된다. 다른 우주로 이 동하면 재빨리 따라가는 포드 작전 또한 무용지물이다. 지금 수중에 황금 열쇠가 없으니 노르망디 작전도 어렵다. 삼십육 계 작전은 처음부터 생각도 하지 않았다. 그렇다면 흩어져 있는 무기와 병력을 모아 승윤이 자백할 때까지 몰아세우는 링컨 작전은 어떨까? 연우가 가진 무기라고는 그동안 아껴 온 에너지뿐이었다.

"왜 그 생각을 못 했지?"

태영은 연우에게 잠재적인 에너지가 많기 때문에 그저 인 식만 하면 다른 사람의 평행우주로도 얼마든지 갈 수 있다고 했다. 물론 과도하게 에너지를 소모하면 원하지 않는 우주에

간힐 수도 있다고 경고했지만 지금 중요한 건 그런 게 아니었다.

연우는 퀀텀폰을 들고 정신을 집중했다.

소멸하지 않는 디지털 세계

　승윤의 눈앞에서 또다시 연우가 사라졌다. 아무래도 엔딩 플래너는 시체만 닦는 게 아닌 모양이었다.

　승윤은 고개를 돌려 텅 빈 형의 방을 돌아보았다. 방안에는 형의 물건이 하나도 남아 있지 않았다. 평소 형이 아끼던 운동화조차 없었다.

　그 순간 손에 쥐고 있던 퀀텀폰 화면이 밝아졌다. 승윤은 이번에는 정신을 놓지 않으리라 다짐하며 홀로그램에서 눈을 떼지 않았다. 홀로그램 빛이 얼굴을 비추며 승윤이 형과 함께 무거운 발걸음으로 경찰서를 향해 걸어가는 모습을 보여주었다. 경찰서 앞에 다다랐을 때 승윤이 망설이자 형이 옆에서 어깨를 가볍게 두드려주었다.

　"승윤아……."

눈앞이 빠른 속도로 회전하기 시작하더니 새하얗게 변했다.

눈 깜짝할 사이에 승윤은 자신의 집 현관에 서 있었다. 바로 아래에 형의 운동화가 놓여 있는 걸 발견하고는 길게 한숨을 내쉬었다.

"형……."

집안으로 들어간 승윤은 제일 먼저 냉장고를 열었다. 어머니가 보리차를 끓여 넣은 지 얼마 되지 않은 듯 유리병에는 물방울이 맺혀 있었다. 여느 날과 다를 바 없는 풍경이었다.

승윤이 방문 앞에 서서 형을 불렀다.

"형, 나야."

안에서는 대답이 없었다.

"형, 방에서 좀 나와봐!"

승윤의 목소리가 떨렸다. 황급히 문손잡이를 움켜잡으며 소리쳤다.

"형이 나오기 싫으면 내가 들어갈게."

방안은 어두웠다. 무거운 커튼 사이로 한줄기 붉은 노을이 파고들었다.

형은 침대에 우두커니 누워 있었다. 눈이 조금씩 어둠에 적응하자 몰라보게 핼쑥해진 형의 얼굴이 보였다.

"어, 승윤아. 언제 왔어? 깜빡 잠이 들었나봐."

형이 부스스 자리에서 일어났다. 비쩍 마른 다리가 침대 아래로 툭 떨어졌다.

승윤이 와락 울음을 터트렸다.

"왜 이러고 살아? 형이 뭘 잘못했는데!"

승윤이 서럽게 울자 형이 걱정스러운 눈빛으로 바라보았다.

"승윤아, 무슨 일 있었어?"

비쩍 마른 손으로 형은 승윤의 어깨를 토닥였다. 승윤이 떨리는 목소리로 대답했다.

"미안해. 나 때문에 형이…… 다 나 때문이야."

그날은 아버지가 마트 영업시간이 끝나지도 않았는데 집으로 돌아왔다. 그러고는 다짜고짜 골프채로 승윤을 패기 시작했다.

"애가 뭘 잘못했는지는 알아야 하잖아요!"

어머니가 말리자 아버지 입에서 익숙한 단어들이 툭툭 튀어나왔다.

공원, 커터칼, 미친놈, 제정신, 아니야.

승윤은 형처럼 맞고만 있지 않았다. 키가 크고 덩치도 우람한 승윤은 골프채를 잡고 집어던졌다. 아버지가 거친 숨을 헐떡거리며 거실 바닥에 털썩 주저앉았다.

"넌 도대체 뭘 하고 다니길래 이런 사달을 만들어? 박 과장 아들이 공원에서 너를 봤다고 하더라. 그러면서 스스로 책임지는 기회를 준다나 뭐라나. 하여튼 참 마음에 안 들어. 주제도 모르고 누가 누구한테 기회를 준다고……. 박 과장 문제는 내가 알아서 처리할 테니까 넌 그 애나 어떻게 해봐. 협박하든 구슬리든 뭐라도 좀 해보라고.”

그때 형이 방문을 열고 나왔다. 승윤은 오랜만에 멀쩡히 서 있는 형을 보고 놀랐다. 어쩌면 형이 소멸해가고 있는지도 모른다고 생각했다. 중력의 힘을 견디기 힘들 정도로 무게와 부피를 잃고, 더는 쪼개질 수 없을 정도로 작아지고 있었다.

“승윤아, 네가 잘못한 일은 네가 직접 바로잡는 게 맞아.”

“넌 방으로 들어가!”

아버지가 형에게 버럭 소리쳤다. 형은 아랑곳하지 않고 말했다.

“진짜 용기는 잘못을 인정하고 사과할 줄 아는 거야.”

승윤은 빈정이 상했다. 집안 꼴이 이렇게 된 게 다 누구 때문인데.

“형이 무슨 상관이야!”

승윤이 형을 노려보며 입술을 비틀었다.

“내가 왜 이러는지 몰라서 그래? 이게 다 형 때문이잖아!”

어려서부터 형은 부모님의 사랑과 기대를 한몸에 받았다. 그런 형을 따르고 그 말에 귀기울였던 건 형처럼 인정받고 싶어서였다. 그런데 이제는 형과 다른 사람이라는 걸 증명해야만 인정받을 수 있었다.

형은 승윤을 똑바로 쳐다보았다.

"너 자신을 속이지 마. 그건 네가 한 선택이야. 이제라도 네가 한 행동에 책임을 져. 그럼 돼, 승윤아."

"야, 이 새끼야. 네 동생 인생까지 망칠래? 뭘 책임져? 어차피 벌어진 일인데 사실대로 말한다고 없던 일이 되는 것도 아니고. 합의금이네 뭐네 하며 돈만 뜯길 게 뻔한데."

아버지가 화를 참지 못하고 형을 향해 고함을 질렀다.

"넌 계속 헛소리할 것 같으면 이 집에서 나가. 돈 들여 먹여주고 재워주는 걸 고마워할 줄 모르는 자식은 필요 없으니까!"

그날 밤 승윤은 고민했다.

아버지 말대로 자신이 한 짓이라는 걸 계속 숨길까? 가만있으면 아버지가 다 알아서 처리할 것이다. 자신은 아버지가 하라는 대로 한 것이기 때문에 책임을 지지 않아도 된다.

아니면 형 말대로 경찰서에 가서 다 말할까? 다른 사람은 속인다 해도 자기 자신은 속일 수 없다. 형 때문이라고 핑계를 댔지만 실은 그렇지 않다는 것도 알고 있었다.

승윤은 자신이 벌인 일이 드러날까봐 두려운 한편 차라리 들켜버리기를 바랐다. 그렇게 되면 다 폭로할 생각이었다. 아무 잘못도 없는 형이 왜 집안에 처박혀 저렇게 소멸해가고 있는지도.

며칠 후 운동하고 오겠다며 나간 형이 싸늘한 시체가 되어 돌아왔다. 형의 행적은 곳곳에서 발견되었다. 그사이 형은 마트에도 나타났고 자신이 다녔던 고등학교에도 찾아갔다. 마지막 인사를 하는 것 같았다고, 형을 만난 사람들이 한목소리로 증언했다. 그러나 아무도 형을 붙잡지는 않았다.

그때 형의 말을 들었더라면…….

형은 죽지 않았다.

형이 고개를 들었다. 형의 목소리는 차분하면서도 어딘가 멀리서 이야기하는 것처럼 들렸다.

"승윤아, 너 때문이 아니야. 난 세상이 원하는 대로 살 수 없을 것 같아서 그런 거야. 학교에 다니는 것보다 나를 지키는 게 더 중요했으니까."

형이 이어 말했다.

"요즘 계속 같은 꿈을 꿔. 이 방문을 열고 밖으로 나가는 꿈이야. 오랜만에 마트에 갔어. 반가운 얼굴들이 보였어. 그

분들과 인사를 하고 어떻게 지내느냐고 이야기도 나눴어. 학교에도 갔어. 담임선생님이 마치 아무 일도 없었던 것처럼 왜 어제 학교에 안 나왔느냐고 물었어. 나는 운동장에서 축구를 하고 수돗가에서 세수를 했어. 한줄기 바람이 불어와 달아오른 얼굴을 식혀줬어. 아이들이 운동장에서 내지르던 함성과 경쾌한 호루라기 소리가 아직도 귓가에 생생해."

형이 방에 틀어박혀 있는 동안 지구가 태양 주위를 세 바퀴나 돌았다. 그동안 형을 괴롭힌 가해자들은 고등학교를 졸업했다. 형만 그 시간에 멈춘 채 방에 틀어박혀 있었다.

"사실 밖으로 나갈 수 있을 것 같다는 생각은 꽤 오래전부터 했어. 네가 잘못을 바로잡으려고 애쓰는 모습을 보면서 미안하기도 했고. 그런데 나도 내가 왜 이러는지 모르겠어. 내 마음대로 되질 않네."

승윤은 생각했다. 지금 형에게 필요한 건 어쩌면 천재적인 두뇌도, 최첨단 무기를 장착한 슈트도, 놀라운 초능력을 가진 동료들도 아니다. 수많은 음모와 악당들이 꿈틀거리는 이 냉정하고 불공정한 세상 속으로 다시 나가기 위해서는……

"형, 우리 컵라면 먹으러 갈까? 학교 앞 사거리에 있는 편의점으로 가자."

"지금?"

"응, 당장!"

승윤이 형의 팔을 잡아끌었다. 형도 싫지 않은지 주섬주섬 옷을 갈아입었다.

"형, 그러고 나가면 얼어죽어. 패딩을 입어야 해."

승윤은 형이 옷을 갈아입는 걸 도와주며 눈물을 삼켰다.

그때 세상과 부모님을 향한 분노와 복수심을 엉뚱한 사람에게 쏟아내지 않았더라면, 다른 사람을 해치지 않고 자신을 지킬 줄 알았더라면…….

"형, 내가 지금 이 순간을 기억하지 못해도 형은 꼭 기억해야 해. 그리고 내가 나중에 힘들어할 때 편의점에서 컵라면을 사줘야 해. 그럴 수 있지?"

형이 배시시 웃으며 고개를 끄덕였다.

*

지구는 자전축을 중심으로 매일 한 바퀴를 회전한다. 태양 주위를 비행기보다 훨씬 빠른 속도로 돌고 있는데도 인간은 지구가 자전하는 걸 직접 보지도 느낄 수도 없다. 자신의 우주가 놀라운 속도로 나뉘고 있는 걸 모르는 것처럼.

승윤은 형이 살아 있는 우주에서 자신의 범행을 자백하고 피해자에게 용서를 구했다. 승윤의 평행우주 중에서 그날 커터칼을 들고 공원에 나가지 않은 날은 없었다. 그후 범행이 드러난 우주와 그렇지 않은 우주로 나뉘었을 뿐이다.

승윤의 범행이 드러났으니 아버지도 살아 계실 것이다. 연우는 아버지를 만날 생각에 한껏 들떴다.

반지하 거실의 형광등 스위치를 올렸다. 며칠 동안 난방을 하지 않았는지 집안이 냉골이었다. 저절로 턱이 딱딱 부딪혔다. 주방 싱크대에는 냄비에 담긴 라면 면발이 퉁퉁 불어 있었고, 식탁 위에는 삼각김밥과 샌드위치 포장지가 수북이 쌓여 있었다. 아버지가 보면 집안 꼴이 이게 뭐냐고, 분리수거라도 좀 하라고 잔소리를 쏟아낼 것이다.

안방에 인기척이 없었다. 연우는 문손잡이를 잡았다가 슬며시 손을 내려놓았다. 거실에 걸린 시계를 보니 마트 영업이 끝나고 재고를 정리하고 있을 시각이었다.

연우는 발꿈치를 세우고 자신의 방으로 다가갔다. 문틈으로 컴퓨터 화면에서 새어나오는 푸른빛이 보였다. 이 우주에 사는 연우는 이불을 둘둘 만 채 자고 있었다. 무서운 꿈이라도 꾸는지 신음을 내뱉으며 식은땀을 흘렸다.

그때 컴퓨터 화면에 뜬 신문 기사가 눈에 들어왔다.

누군가 일인 시위를 하는 사진이었다. 한 남자가 고층 건물 앞에 '노동자를 죽음으로 내몬 건설사, 진상을 규명하라!'라고 적힌 피켓을 들고 서 있었다. 자세히 보니 사진 속 얼굴은 바로 자신이었다.

불길한 기운이 연우를 덮쳤다. 고개를 돌려 안방을 바라보았다. 그러고는 성큼성큼 걸어가 문을 열었다.

침대 하나만 덜렁 놓여 있었다. 장롱 안에도 아버지 옷은 커녕 소지품조차 없었다. 그러니까 승윤의 범행이 밝혀졌는데도 아버지는 마트에서 해고당하고 건설 현장에 나갔다는 말이었다.

그 길로 연우는 집을 뛰쳐나와 미친듯이 달렸다. 숨이 턱까지 차올랐지만 멈출 수가 없었다. 아버지의 죽음이 다 자기 탓인 것 같았다.

얼마나 달렸을까. 거리가 눈에 익었다. 자세히 보니 자신이 다녔던 고등학교 앞 사거리였다. 형형색색 크리스마스 장식을 한 건널목 앞 상가는 휘황했다. 그때 일층 편의점 문이 열리더니 경쾌한 캐럴이 흘러나왔다.

승윤이 편의점에서 나왔다. 두툼한 패딩을 입은 남자와 소리 내어 웃고 있었다. 그 모습이 눈앞에서 슬로 모션처럼 느리게 재생되었다. 연우는 다리에 힘이 풀려 그 자리에 주저앉았다. 금세 눈가가 뜨거워졌다.

지구만 자전하는 게 아니라는 걸 잊고 있었다. 모든 천체가 각기 다른 방향과 속도로 움직이듯 사람들은 저마다 다른 궤도를 그리며 살아간다. 승윤은 자신이 가장 원했던 우주를 찾은 것이었다.

시베리아에서 불어온 바람이 매섭게 뺨을 때렸다. 승윤을 벌주고 싶었는데 벌을 받은 건 오히려 연우 자신이었다. 무엇이 어디서부터 잘못된 걸까.

연우는 휘청거리는 다리에 힘을 주고 가까스로 몸을 세웠다.

"그 사람을 만나야 해."

지금까지 연우는 승윤의 범행이 세상에 드러난 우주를 찾아 헤맸다. 그런데 비로소 자신이 처음 출발했던 우주야말로 승윤이 처절하게 대가를 치를 수 있는 곳이라는 걸 깨달았다.

외면했던 진실

현지는 자신이 일하는 장례식장으로 찾아온 연우를 보고 놀랐다.

연우 아버지가 사고로 돌아가셨다는 이야기를 들었다. 그 이후로 연우가 학교에 나오지 않았다는 것도 알고 있었다.

연우는 장례식장 한편에서 고개를 푹 수그리고 있었다.

"나 여기서 아르바이트하는 건 어떻게 알았어?"

현지는 장례식장에서 쓰는 모나리지 휴지를 돌돌 말아 연우에게 내밀었다.

"왜 학교에 안 나왔어? 졸업식에도 안 오고 말이야."

연우는 휴지로 눈가와 이마를 번갈아 꾹꾹 누르며 고개를 저었다. 눈물인지 땀인지 알 수 없는 액체가 뺨을 타고 끊임없이 흘러내렸다.

"현지야, 난 정말 몰랐어. 그날 공원에 있었던 사람이 너였을 거라고는……."

연우가 가쁜 숨을 몰아쉬었다. 어떻게 숨을 쉬어야 하는지 잊은 것 같았다.

"정말 미안해. 그날 공원에서 망설이지 말고 뭐라도 했어야 했는데…… 형사가 학교로 찾아왔을 때라도 범인이 누군지 안다고 사실대로 말했어야 했는데……."

현지가 놀란 얼굴로 오른손을 들어 왼쪽 어깻죽지를 힘주어 눌렀다.

"그랬구나. 박연우, 네가 목격자였어."

*

3학년 마지막 중간고사를 앞둔 날이었다.

현지는 열시에 편의점 야간 아르바이트가 끝나자마자 근처 공원으로 달려갔다. 한시라도 빨리 집으로 가서 수학 문제 하나라도 더 풀 생각이었다. 가로등 불빛이 들지 않아 어두웠지만 공원을 가로지르면 금방 집까지 갈 수 있었다. 게다가 평소에도 뻔질나게 지나다니던 길이었다.

막 공원에 들어선 그때, 누군가 뒤에서 현지의 입을 틀어막았다. 현지는 자신이 아는 누군가가 장난을 치는 거라고 여겼다. 그래서 피식 웃으며 빠져나오려고 했지만 상대는 오히려 바짝 다가붙었다. 큰 손과 거친 숨소리로 보아 남자인 것 같았다.

섬뜩한 기운이 등줄기를 타고 올라왔다. 아니나 다를까, 남자가 길쭉한 무언가를 현지의 목 부근에 가져다 댔다.

커터칼이었다.

칼날을 본 순간 현지는 머릿속이 새하얘졌다. 어느새 몸이 얼어붙어 숨도 제대로 쉴 수 없었다. 남자의 뜨거운 날숨이 목덜미에 닿았다. 온몸에 소름이 돋았다. 뻣뻣하게 굳은 몸을 비틀어 도망치려 했지만 그럴수록 남자는 힘을 주어 현지를 끌어안았다.

그때 누군가 공원으로 걸어들어오는 게 보였다.

현지가 소리치려 하자 남자가 입을 틀어막았다. 끅끅거리는 신음만 간신히 새어나왔다. 그 소리가 들렸는지 공원으로 들어온 사람이 주위를 두리번거렸다. 그러더니 곧 그 자리에 멈춰 섰다.

나무에 가려 보이지 않는 걸까. 그 사람은 더는 움직이지 않고 가만히 서 있기만 했다. 현지는 마음이 급해졌다. 저 사람이 그냥 가버리기도 하면…….

다시 한번 온 힘을 다해 소리쳤지만 희미한 신음만 공기 중으로 흩어졌다. 현지는 아까부터 꼼짝도 하지 않는 사람을 절박한 마음으로 바라보았다. 그는 고개를 수그린 채 무언가를 고민하는 것처럼 보였다.

그 순간 현지는 정신이 번쩍 들었다. 누군가의 도움만 기대하며 가만있어서는 안 되었다. 자신을 구할 사람은 자신뿐이라는 걸, 이 상황에서 빠져나오려면 스스로 발버둥쳐야 한다는 걸 깨달았다. 정신을 바짝 차리고 타이밍을 살폈다.

그때 고개를 든 사람이 뭐라 중얼거렸고, 잠깐 남자가 한눈을 팔았다. 입을 막고 있는 손이 느슨해졌다. 현지는 그 순간을 놓치지 않았다. 순식간에 몸을 비틀어 남자의 손아귀에서 빠져나왔다. 그러고는 재빠르게 남자의 사타구니를 걸어차며 바락바락 악을 썼다.

"미친 새끼! 너 지금 뭐 하는 거야!"

커터칼을 든 남자가 비틀거리며 뒷걸음쳤다. 그러더니 공원 입구 쪽으로 줄행랑쳤다. 이러지도 저러지도 못한 채 서 있기만 하던 사람도 뒤따라 도망쳤다.

두 사람 다 사라진 걸 확인하고 나서 현지는 그 자리에 주저앉았다. 뺨을 타고 눈물이 쉴 새 없이 흘러내렸다. 주체할 수 없이 덜덜 떨리는 손으로 주머니에서 휴대폰을 꺼냈지만 어디로 전화해야 할지 막막하기만 했다. 몸이 아파 거동이 불편한 어머니에게 와달라고 할 수는 없었다. 현지는 껄껄 울며 경찰에 신고했다.

경찰관 두 명이 공원 앞 도로변에 주저앉아 있는 현지를 일으켜세우고는 경찰차에 태웠다. 현지는 경찰차 뒷좌석에서 눈물 콧물을 닦으며 자신이 당한 일을 설명했다. 공원에 들어선 순간부터 목격자가 도망간 순간까지 하나도 빼놓지 않고 다 이야기했다.

특별히 다친 곳은 없는 것 같다는 말까지 듣고 나서 경찰이 입을 열었다.

"우발적인 범행 같은데, 경찰서에 가서 사건 접수하고 조서 쓰실래요?"

우발적이라는 말에 놀랐지만 현지는 절망하지 않았다. 흔히 피해자에게 책임을 떠넘기고 심지어 성추행을 유발했다는 식의 주장을 그동안 너무 많이 접해왔기 때문이었다. 그나마 밤길에 조심하지 그랬느냐는 말을 듣지 않은 것만으로도 다행이었다. 한편으로 그렇게 자조적인 생각을 할 수밖에 없는 현실이 씁쓸했다.

그나저나 사건 접수는 뭐고 조서는 또 뭐람?

"사건이 일어나 장소, 시간, 경위를 구체적으로 작성해 제출하시면 담당 수사관이 배정돼 사건을 수사할 겁니다."

경찰은 미성년자인 현지가 정식으로 사건을 접수하려면 보호자가 와야 한다는 말을 덧붙였다. 현지는 혼란스러웠다. 방금 당한 일을 또 설명해야 한다는 생각만으로도 진저리가 나는데 조서까지 써야 한다니⋯⋯. 뇌졸중으로 쓰러진 적이 있는 엄마가 경찰의 전화를 받고 놀라기라도 하면⋯⋯.

그렇다고 그냥 넘어갈 순 없었다. 담임에게 연락했다. 전화를 받고 놀라 달려온 담임은 조서 작성을 도와주었다.

하지만 그 이후로 수사에 진척은 없었다. 공원에 CCTV가 없는데다 블랙박스로 겨우 찾아낸 목격자는 범인의 얼굴을 보지 못했다고 진술했다.

그 목격자가 연우였다니⋯⋯. 연우는 범인이 누군지 알면서도 모른다고 거짓말을 했다. 왜, 무엇 때문에?

현지는 한동안 생각에 잠겼다. 그러다가 천천히 입을 열었다.

"나도 잊을 수 있다면 다 잊고 싶었어. 하지만 머릿속에서 의문이 떠나질 않았어. 도대체 누가, 왜 나한테 그랬을까? 그 일이 있고 나선 한 번도 그 공원에 가지 않았어. 사람 많은 밤 길을 걸을 때도 괜히 위축되곤 했어. 그런데 어느 날 이런 생각이 들더라. 난 잘못한 게 없는데 왜 공원을 지나가지 못하고 빙 둘러서 다니는 거지? 왜 이런 불편한 감정을 계속 느껴야 하는 거지?"

현지가 말을 이었다.

"이렇게 피하고만 살아서는 안 될 것 같았어. 그래서 일 년 만에 다시 공원에 가봤는데 그곳에 CCTV가 설치돼 있더라."

연우는 할말을 잃은 채 고개를 숙였다.

"그걸 보고 깨달았어. 내가 용기를 내서 바뀐 것도 있구나. 하지만 범인이 잡히지 않아서 비슷한 일이 또 일어날 수 있어. 그건 막고 싶었어. 그래서 다시 경찰서를 찾아갔고, 그 사이 목격자 아버지가 경찰서에 다녀갔었다는 걸 알게 됐어. 아들이 보복을 두려워해 미처 진술하지 못했다며 피의자가 누구인지 말했대."

아버지가 경찰서로 찾아갔었다니, 연우는 처음 듣는 이야기였다.

"그런데 피의자 부모가 증거가 없으니 모함이라고 몰고 간 모양이야. 마침 해고하려 하니까 악의적인 거짓말을 하는 거라고 했대."

연우는 결국 참았던 울음을 터뜨렸다.

이제야 아버지를 이해할 수 있었다. 아버지는 누군가 억울한 일을 당했다면 도와야 한다고 생각했을 것이다. 자신의 선택이 어떤 결과를 가져올지 알면서도 모른 척할 수 없었을 것이다.

"경찰은 일 년이나 지난 사건인데 이제 와 재수사하길 원하냐고 그러더라. 그래서 나한테는 현재진행형인 사건이라고 했어. 우발적인지 계획적인지는 법정에 가서 따질 거라고. 추가로 목격자를 찾는다는 현수막이라도 걸었으면 벌써 범인 잡았을 거라고. 업무태만에 도덕적해이 아니냐고 따졌더니 그제야 사과하는 거 있지?"

당당한 말투와는 달리 현지는 또다시 오른손으로 왼쪽 어깨를 감쌌다. 그날의 충격으로 인한 트라우마 때문이었다.

"연우야, 내가 용기를 내려는 건 우리 엄마 때문이야. 엄마는 선천성대사이상으로 유전병을 앓고 계시거든. 의사가 되려던 것도 엄마 병을 낫게 해주고 싶어서야."

현지가 담담한 목소리로 말을 이었다.

"병원 대기실에 앉아 있으면 자꾸만 다른 환자들이 눈에 들어와. 저 아이는 아프기엔 너무 어린데. 저 아저씨는 우리 엄마보다 건강해 보이는데 어디가 아파서 왔을까. 세상엔 아픈 사람들이 참 많더라. 이전에는 그 사람들을 아예 생각조차 하지 못했어."

지금까지 아무 선택도 하지 않는 걸 선택이라고 여기면서 아무 일도 일어나지 않는 걸 다행이라 여겼다. 그 선택의 결과를 운명으로 받아들이지 않았지만 책임을 지지도 않았다. 그렇게 외면했던 선택이 돌고 돌아 연우에게 묻고 있었다.

이번에는 어떤 선택을 할래?

"현지야, 법정에서 그날 본 거 사실대로 다 말할게. 진작 그랬어야 했는데 정말 미안해."

연우는 장례식장을 나오며 승윤의 현재 위치를 확인했다. 승윤은 여전히 형이 살아 있는 그 우주에 머물러 있었다.

그때 퀀텀폰에서 빨간색 경고등이 깜빡였다. 승윤의 신체 상태를 실시간으로 알려주는 신호였다. 승윤의 몸은 의식을 잃고 인적이 드문 골목길에 쓰러져 있었다. 체온이 더 떨어지면 위험한 상황이었다. 바로 자신의 몸으로 돌아가야 했다.

연우는 숨을 깊게 들이마시며 의식을 집중했다. 순간 태영의 말이 머릿속을 스쳤다. 다른 사람의 평행우주를 마음대로 돌아다니다 에너지를 지나치게 소모하면 위험에 처할 수 있다고 했다. 연우는 태영의 경고를 되새기며 현재 승윤이 있는 곳의 좌표를 내비게이터에 입력했다.

*

승윤이 현관문을 열어주었다. 문틈으로 집안에서 누군가의 웃음소리가 새어나왔다.

"계약서에 서명할 때 분명히 경고했어. 체험이 강제로 종료되면 네 의식은 원래 몸으로 돌아가지 못하고 이 우주에 갇힐 수도 있다고."

"잘됐네. 여기저기 다녀보니까 내가 살던 그 세계가 제일 별로였어. 재판도 앞두고 있는데 내가 미쳤다고 돌아가겠냐? 이제 네 일은 네가 알아서 해. 법정에 가서 진술하든 말든 알아서 하라고."

그때 승윤 뒤에서 핼쑥한 얼굴이 고개를 내밀었다.

"승윤아, 누가 왔니?"

"어, 형. 아무것도 아니야. 집을 잘못 찾아왔대."

승윤이 형을 집안으로 밀며 큰 소리로 말했다.

"그런 사람은 여기 없다고요!"

승윤이 막 현관문을 닫으려는데 연우가 재빨리 문 사이에 발을 끼워넣었다.

"지금 네 몸은 의식 없이 골목길에 쓰러져 있어. 체온이 계속 떨어지고 있어서 아주 위험한 상태야. 이러다 원격 전송

이 비정상적으로 종료되면 넌 돌아가고 싶어도 가지 못해."

승윤이 불신과 조롱이 섞인 목소리로 말했다.

"그게 무슨 소리야? 네가 정말 나를 구하려고 여기까지 왔다고?"

"우리 아빠라면 모른 척하지 않았을 테니까. 예전에도 그랬잖아."

연우는 퀀텀폰으로 시간을 확인했다. 생전생애 체험이 끝나기까지 오분 남짓 남아 있었다.

"승윤아, 모르겠어? 우리가 한 선택이 돌고 돌아 기회를 주고 있어. 이제 돌아가자. 난 더이상 후회하며 살고 싶지 않아."

연우는 문 사이에 끼웠던 발을 뺐다. 그러고는 승윤의 눈앞에서 사라졌다.

장례지도사와 엔딩플래너

그 시각 마래는 회의실에서 태영과 마주앉아 있었다.

"사실대로 말해주세요. 연우를 이 우주로 데려온 진짜 이유가 뭐예요?"

태영은 마래의 물음에 대꾸하지 않고 자꾸 딴소리만 했다.

"마래 님, 엔딩플래너로 일하는 건 어때요?"

마래가 의아한 얼굴로 쳐다보자 태영이 말을 이었다.

"전 이 회사가 설립됐을 때부터 일했어요. 지금의 대표가 인수하기 전에 장례지도사로 팔 년, 인수되고 나서 엔딩플래너로 일한 게 육 년이니까 합치면 십사 년이네요. 둘째 아이가 태어난 시각에 장례식을 치르고 있었고, 큰아이가 초등학교에 입학하던 날에는 평행우주를 넘나들고 있었어요. 회사와 회원이 내 가족이라는 생각으로 힘든 줄 모르고 일했어요."

육 년 전만 해도 참 믿음직한 상조회사는 다른 상조회사와 다를 바가 없었다. 그나마 다른 게 있다면 가입자가 거의 없어서 망하기 일보 직전의 중소기업이라는 점이었다. 지금의 대표는 회사를 인수한 뒤 사무실에 채 열 명도 되지 않는 장례지도사들을 모아놓고 말했다.

"이제부터 여러분의 직함은 엔딩플래너입니다. 우리는 회원님의 사후생애뿐만 아니라 생전생애를 관리해드리는 토털 라이프 케어 서비스를 제공합니다. 우리의 목표는 회원님에게 후회 없는 삶을 선사함으로써 참 믿음직한 상조회사를 세계적인 기업으로 만드는 것입니다."

대표가 왜 하필 다 망해가는 상조회사를 인수했는지 태영은 궁금했다. 이곳에 남은 장례지도사들은 대부분 사업을 하다 망했거나 배우자의 죽음으로 하루아침에 가정경제를 혼자 짊어지게 되었거나 자신처럼 취업이 되지 않아 여기까지 흘러들어온 사람들이었다.

생각해보면 대표는 처음부터 벼랑끝에 몰린 자들의 절박함을 알고 있었다. 그렇기에 그들이 과도한 업무나 무리한 지시에도 기꺼이 따르리라는 것을 알았다.

실제로 대표의 말대로 참 믿음직한 상조회사는 다른 회사에 없는 평행우주 체험 덕분에 하루가 다르게 세계적인, 아니 우주적인 기업이 되어갔다.

그런데 작년부터 회사에 이상한 현상이 감지되었다.

"요즘 우리 회사가 바이오산업 분야에 집중적으로 투자하고 있는 거 알죠?"

마래가 조바심을 참지 못하고 마구 고개를 끄덕였다.

"회사는 평행우주를 탐색해 알츠하이머병이나 유전병이 정복된 세계, 노화 억제로 수명 연장이 이루어진 세계를 찾고 있어요. 그리고 그 프로젝트에 연우를 투입하고 싶어하죠."

"그게 무슨 말이에요?"

"사실 회사는 처음부터 연우가 가진 엄청난 에너지를 이용할 생각이었어요. 비공개로 채용해 바이오산업이 발전한 우주를 찾는 데 투입하려고 했죠. 마래 님이 연우를 불법체류자로 살게 할 순 없다고 반대하면서 프로젝트가 지연돼 상부에서는 불만이 많았죠. 이제 더이상 프로젝트 진행을 미루지 않을 거예요."

마래의 얼굴이 점점 굳어갔다. 연우를 이 우주로 끌어들인 사람은 태영이었다. 연우에게 무슨 일이 생기면 태영은 그 책임에서 자유로울 수 없을 것이다. 아버지를 잃고 상심에 빠진 연우에게 새로운 운명을 만들어주고 싶다는 태영의 말에 넘어간 마래 역시 책임에서 자유로울 수 없었다.

"처음부터 회사가 왜 다른 우주에 사는 연우를 데려오라고 하는지 먼저 알아봤어야죠!"

"그냥 하라기에 그렇게 했죠. 그래도 뭔가 의심스러워서 마래 님을 데리고 갔던 거예요."

마래는 들불처럼 끓어오르는 화를 참지 못하고 소리쳤다.

"태영 님이 연우에게 운명을 만들어주자고 했잖아요. 말로는 연우를 지키기 위해서라고 하면서 태영 님이 진짜로 지키고 있는 건 대체 뭐예요?"

전면 유리창을 통해 거리의 화려한 네온사인이 스며들었다. 태영은 회의실 안을 휘둘러보았다. 수십 명은 족히 앉을 수 있는 넓고 세련된 테이블과 최신형 홀로그램 멀티비전을 갖춘 회의실은 물론이고 포스트모더니즘 양식의 초고층빌딩 전체가 참 믿음직한 상조회사의 소유였다. 불과 육 년 전만 해도 상상할 수 없는 일이었다.

"마래 님은 엔딩플래너로 입사해 예전에 장례지도사들이 어떤 대우를 받았는지 모르죠? 우리는 유족을 가족처럼 대했어요. 그런데도 어떤 분들은 시체를 만졌다고 해서 손이 스치는 것을 꺼렸고 장의 버스에서 옆에 앉는 것조차 싫어했죠."

"그래서요? 그게 이 일과 무슨 상관이에요?"

"회사에서 다른 우주에 사는 사람을 이용해 수명 연장이 이루어진 우주를 찾고 있다는 게 밝혀지면 기업이미지가 추락할 거예요. 언론은 우리를 가만두지 않을 거고 당장 수사를 받게 되겠죠. 그 과정에서 수많은 직원이 하루아침에 일자리를 잃게 될 거고요. 나는 진실을 고발한 대가를 치르게 되겠죠. 그 많은 우주에 가보고도 모르겠어요?"

마래는 이 상황이 도저히 믿기지 않았다. 태영이 가끔 지나치게 회사의 입장을 대변한다고 느끼기는 했지만 업무적으로 그를 신뢰하고 존중해왔다. 그런데 이런 일에 암묵적으로 동조하고 있었다니⋯⋯. 게다가 삼촌이 조카를 이용하려 했다는 사실에 실망을 넘어 분노를 느꼈다.

마래는 자리를 박차고 일어섰다. 어떻게 해서든 상황을 바로잡고 연우를 지켜야 한다는 생각이 마래를 움직였다.

마래는 회의실을 나오며 내비게이터로 연우의 위치를 살폈다. 그나마 연우가 자신의 회원으로 등록되어 있어 다행이었다.

연우의 평행우주를 살피다가 마래는 하얗게 질렸다. 방금 연우의 평행우주 중 하나가 생성을 멈추었다. 도대체 어떤 선택들이 모여 한 사람의 생과 사를 가른 것일까?

이러고 있을 때가 아니다. 왜 연우의 우주 하나가 더이상 나뉘지 않는지, 어디서부터 잘못된 것인지 알아봐야 한다!

죽음에는 저마다 사연이 있다

전국에 올해 들어 첫 한파주의보가 발령되었다. 뉴스에서는 굵은 눈발이 비와 섞여 진눈깨비로 바뀌었으니 출근길 빙판을 조심하라는 아나운서의 목소리가 흘러나왔다.

태영은 검은색 모직코트의 단추를 채우며 아이들 방으로 시선을 옮겼다. 올해 초등학교에 입학한 딸과 유치원에 다니는 아들이 곤히 자고 있었다.

오늘은 여덟 살에 죽은 형의 기일이다. 태영은 형의 마지막 순간을 여전히 기억하고 있었다.

아버지가 교통사고로 돌아가시고 유족보상금이 주어졌지만 세 사람이 살아가기에는 턱없이 부족했다. 어머니는 낮에는 중국집에서 일하고 밤이면 부랴부랴 집으로 돌아와 아이들 저녁을 챙겼다. 휴일도 없이 일해야 했다. 여덟 살이었던 형이 학교에 가고 나면 여섯 살이었던 태영은 온종일 집에서 텔레비전을 보며 졸다 깨기를 반복했다.

그날은 태영이 밤새 열이 났다. 어머니는 해열제를 먹인 뒤 서둘러 출근했다. 점심때쯤 태영이 발작을 일으켰다. 입에 하얀 거품을 문 채 몸을 떨어댔다. 형은 어머니에게 전화를 걸었지만 주말이라 바빠서 그런지 통화가 연결되지 않았다.

형은 태영을 등에 업고 집을 나섰다. 어린아이가 제 몸집만 한 동생을 업었는데도 힐끔거릴 뿐 도와주는 사람이 없었다. 초겨울 날씨에 땀을 줄줄 흘리며 형이 육교 계단을 올라갔다. 다행히 차가운 공기가 닿자 태영의 열이 조금씩 떨어졌다. 하지만 태영이 정신을 차렸을 때 형은 육교 아래에 쓰러져 피를 흘리고 있었다. 고소공포증이 심한 형이 육교 위에서 아래로 고꾸라졌던 것이다.

사람들은 태영에게 죽은 형 몫까지 잘 살아야 한다고 말했다. 과거는 다 잊고 새로운 삶을 살아야 한다고도 했다. 태영은 죽은 형의 몫까지 산다는 것이 어떤 것인지, 어떻게 해야 새로운 삶을 시작할 수 있는지 알 수 없었다.

아버지가 돌아가셨을 때 친척들마저 외면하지 않았더라면 형은 살았을지 모른다. 그런 생각 때문에 태영은 혼자 남은 연우를 차마 외면할 수 없었다. 자신이라도 연우를 지켜야 했다. 그렇지만 이제는 마래의 말대로 자신이 진짜 지키고 있는 게 무엇인지 알 수 없었다.

태영은 텔레비전을 *끄*고 현관으로 나갔다. 구두가 꽉 끼어 잘 들어가지 않았다. 살이 너무 쪘다. 마케팅 부서로 옮기는 게 아니었다는 후회가 일었다. 엔딩플래너로 현장에서 계속 근무했더라면 연우를 이 우주로 끌어들이지 않았을 수도 있다.

태영이 경기도 외곽으로 향하는 자율주행 버스에 앉아 동이 트는 모습을 지켜보았다. 차창으로 떨어진 진눈깨비가 맹렬한 속도로 미*끄*러졌다.

십사 년 동안 일을 하면서 이 길을 수시로 지나다녔다. 봉안당으로 향하는 장의 버스에서 사람들은 두려움과 호기심이 섞인 눈빛으로 질문을 던지곤 했다.

"어떻게 하다 이런 일을 하게 됐어요? 시체 만질 때 겁이 나지는 않아요?"

그러다 엔딩플래너가 되자 다른 걸 물었다.

"어떻게 하면 이 일을 할 수 있어요? 다른 사람의 평행우주에 가보는 건 어떤 느낌이에요?"

태영은 그저 주어진 상황에 맞춰 열심히 살았다. 그러다보니 흔히 사람들이 말하는 미련이나 후회가 남는 선택도 덜했다. 다만 밤낮으로 회원들의 장례를 치러주고 평행우주를 쫓아다니는 사이 부쩍 커버린 아이들을 볼 때마다 자신이 무언가를 놓치고 있는 건 아닌가 두려웠다.

도심을 벗어나자 버스 안이 한층 어두워졌고 주변은 적막에 휩싸였다. 정적을 깨고 퀀텀폰이 윙윙거리며 울렸다. 홀로그램 화면에 마래의 얼굴이 나타났다.

마래는 회의실에서 서둘러 나간 이후 분주하게 어딘가로 향하는 모습이 자주 목격되었다. 그러다가 며칠 만에 직접 연락을 해온 것이었다.

"지금 어디예요?"

"형님 기일이라 추모 공원에 가는 길이에요."

마래가 칠 옥타브는 될 것 같은 고음으로 소리쳤다.

"연우가 죽은 우주를 찾았어요! 당장 여기로 오세요!"

태영은 놀란 나머지 쿨럭거렸다. 버스 안에 태영의 기침 소리가 울려퍼졌다.

태영은 마래가 보내온 좌표를 내려다보았다. 왠지 지명이 눈에 익는다 싶었는데 지금 찾아가고 있는 봉안당이었다.

어머니는 형의 죽음이 자신의 원죄 때문이라고 했다. 죽어서는 극락왕생하라며 봉황이 알을 품고 있는 형상의 혈인 이 봉안당에 형의 유골을 안치했다. 기독교적 세계관과 불교적 사후관, 풍수지리학을 짜깁기한 이야기 속에서 형은 천국과 극락 어디쯤에 닭의 형체를 하고 뱀의 머리에 물고기 꼬리를 가진 봉황의 품에 안겨 있었다.

하지만 태영은 학교에서 물리를 배운 뒤부터 형이 눈에 보이지 않는 원자로 변했다고 믿었다. 엔딩플래너가 되고 나서는 다른 평행우주에서 살고 있다는 걸 알았다.

진눈깨비가 비로 변해 얼굴을 적셨다. 태영은 우산을 펼치는 것도 잊은 채 봉안당으로 걸어갔다. 저 문을 열면 또 다른 누군가의 죽음과 마주해야 할 것이다. 지금까지 그래왔던 것처럼.

bad ending

"오셨어요?"

창백한 얼굴의 마래가 유리문을 열어주었다.

"태영 님 말대로 회사는 연우를 이용해 바이오산업이 비약적으로 발전된 우주를 찾고 있었어요. 연수원에서 나온 지 얼마 되지 않은 신입이 혼자 낯선 우주에 내던져졌다고요. 누구도 연우가 사용할 수 있는 에너지의 한계치에 대해 말해주지 않았고, 죽는 순간까지 어느 우주에 있었는지 좌표조차 파악하지 못했대요!"

마래는 회사에 대한 분노와 연우를 지키지 못했다는 무력감으로 목소리를 높였다.

"회사에서는 원격 전송 시스템에 문제가 없었다며 모든 책임을 박연우 엔딩플래너에게 돌렸어요."

그다음은 말하지 않아도 짐작이 되었다. 이 우주의 연우는 자신이 맡은 프로젝트를 수행하기 위해 끊임없이 평행우주를 이동했을 것이다. 그러다가 어느 순간 자신이 어디에 있는지조차 알 수 없는 지경에 이르렀을 것이다.

"연우는 낯선 우주에 갇힌 채 어떠한 도움도 받지 못했어요. 신분을 증명할 방법이 없으니 일자리를 구할 수도 없었죠. 결국 무연고로 처리돼 낯선 우주를 떠돌다 사망했어요."

마래가 이해할 수 없다는 듯 고개를 저으며 말했다.

"도대체 언제 우주가 나뉜 걸까요? 어디서부터 잘못된 건지 모르겠어요. 이 우주에서도 연우는 제 담당이었는데 어쩌다 혼자 낯선 우주를 헤매고 다니도록 내버려뒀는지 이해할 수가 없어요. 제가 언제, 어디서부터 연우를 놓친 건지……."

마래의 눈에서 참았던 눈물이 툭 터져나왔다. 진작 연우에게 회사에서 시키는 대로 다 하지 않아도 된다고 왜 한 번도 말해주지 않았을까?

"이 우주에서는 엔딩플래너들이 진상을 규명하라며 회사 앞에서 시위하고 있더라고요. 우리 우주에도 알려야 하는 거 아니에요? 연우가 회사에 이용당해 낯선 우주에서 죽었다고."

"그 많은 우주를 가보고도 모르겠어요? 어차피 벌어진 일이에요. 이런다고 죽은 사람이 살아돌아오는 것도 아니고.

우리가 선택하지 않은 우주까지 책임질 수는 없어요."

"어차피 벌어진 일이니까 다음엔 같은 일이 일어나지 않게 해야죠. 아직도 모르겠어요? 이 죽음의 책임은 우리에게 있다는 걸 말이에요!"

"이 우주에 사는 사람들이 해결할 문제예요. 우리가 해야 할 일은 이런 일이 일어나지 않도록 이제라도 연우를 지켜야……."

태영은 더이상 말을 잇지 못했다.

지금까지 자신이 지킨 건 연우가 아니라 자신의 자리였음을 알았다. 그저 주어진 상황에 맞춰 살아왔다고 하지만 그 또한 자신의 선택이었음을, 연우에게 운명을 만들어주자고 했지만 실은 자신의 운명을 바꾸고 싶어서였음을 그제야 깨달았다.

마래는 태영을 황금색으로 장식된 안치실로 안내했다.

"자기 죽음을 보고 연우가 어떤 결정을 내리게 될지 확인해보죠."

연우는 반쯤 넋이 나간 얼굴로 유골함 앞에 서 있었다.

故 박연우.

왜 자신이 여기에 서서 자기 죽음을 지켜봐야 하는지 어리둥절하기만 했다.

만약 태영이 에너지를 함부로 남용해서는 안 된다고 경고하지 않았더라면, 자신이 어디 가든 끝까지 찾으러 와준 미래가 없었더라면 자신은 이 우주의 연우처럼 죽었을 것이다.

그와 동시에 이러한 상황이 낯설지 않다는 것을 깨달았다. 정확히 일 년 전에 비슷한 일이 있었다. 막 건설 현장 일을 시작한 신입에게 고층 외벽 작업을 맡기는 것이 얼마나 위험한지 누군가 경고했더라면, 어느 한 사람이라도 신입의 상태를 눈여겨보고 제때 도움의 손길을 내밀었더라면 아버지는 그렇게 돌아가시지 않았을 것이다.

그 밤 공원에서 벌어진 일도 마찬가지였다. 커터칼까지 준비한 범행이 어떻게 우발적일 수 있는지 누군가 문제를 제기했더라면, 피해자의 목소리에 귀기울이며 제대로 수사만 했더라면 현지는 지속적인 불안과 공포에 시달리지 않았을 것이다. 어쩌면 누군가는 이미 알고 있었는지 모른다. 자신처럼…….

연우는 법정에서 양심에 따라 숨김과 보탬 없이 증언할 것을 선서했다. 그리고 재판 내내 침착하게 그날 있었던 일을 진술했다.

승윤의 아버지는 끝까지 악의적인 거짓말이라고 주장했지만 승윤이 순순히 계획된 범행임을 자백했다. 그러고는 현지에게 진심으로 미안하다며 고개를 숙였다. 더불어 승윤은 보호받지 못한 채 집밖으로 나오지 못하다가 죽은 형의 이야기를 덧붙였다.

재판을 참관한 기자가 형의 사연을 취재해 보도했다. 그 덕분에 묻힐 뻔했던 사건이 재조명되며 피해자를 지켜주기는커녕 침묵을 강요했던 학교와 부모를 꾸짖는 목소리로 여론이 들끓었다. 승윤은 강제추행죄로 징역 삼 년에 집행유예 오 년의 유죄판결을 받았다.

연우가 발걸음을 옮겨 안치실을 나왔다. 태영이 놀란 얼굴로 뒤따라왔다.

"연우야, 미안해. 나는 내 자리와 우리 가족을 지키려고 했던 거였어. 너에게 운명을 만들어주자고 했던 것도……."

연우는 엔딩플래너가 된 걸 후회하진 않았다. 그 덕분에 자신의 잘못을 깨달았고 책임을 지는 법을 배우기 시작했다. 다양한 평행우주를 경험하며 운명은 정해진 것이 아니라 어떤 선택을 하고 어떻게 행동하느냐에 따라 얼마든지 바뀔 수 있음을 알게 되었다.

연우가 걸음을 멈추고 태영을 바라보았다.

"이제 제 운명은 스스로 결정할게요."

평행우주는 사람마다 다르게 진화하다 언젠가 제각각 마지막 순간을 맞이한다.

연우는 깨달았다. 자신이 무심코 내뱉은 말 한마디와 작은 결정 하나가 때로는 생각지도 못한 결과를 불러올 수 있다는 사실을. 그러니 자신의 운명은 스스로 만들어가리라 다짐하며 뚜벅뚜벅 발걸음을 옮겼다.

4부

참 정직한 상조회사

"박철영 고객님, 안녕하십니까? 저는 엔딩플래너 박연우입니다."

연우는 자리에서 일어나 허리를 굽혀 인사했다. 철영은 의아한 얼굴로 연우를 바라보았다. 처음 만났는데 인상이 낯설지 않았다.

두 사람은 말간 봄 햇살이 쏟아져내리는 카페 창가에 자리를 잡고 앉았다. 연우가 몇 번 헛기침하며 목소리를 가다듬었다.

"저희 참 정직한 상조회사는 엔딩플래너가 직접 찾아와 상담해드리고 있습니다."

연우는 재킷 주머니에서 검은 바탕에 작은 별 하나가 찍힌 명함을 내밀었다. 철영이 나직이 회사 이름을 중얼거렸다.

"참 정직한 상조회사라……."

참 믿음직한 상조회사는 연우의 죽음을 업무상과실로 인한 사고로 처리하고 사건을 마무리하려 했다. 불우한 환경에서 스스로 운명을 개척한 청년이 사망한 사건을 두고 언론은 요란하게 떠들었다. 정작 그 누구도 왜 이런 일이 일어났는지 알아보려고 하지 않았다.

연우와 마래는 시위를 계속했다. 결국 진실을 알면서도 침묵한 경영진과 그들 뒤에 숨은 채 모습을 드러내지 않던 대표가 구속되었다. 다른 우주에서도 비슷한 일들이 벌어지고 있다는 사실이 알려지면서 참 믿음직한 상조회사는 문을 닫았다.

상황이 정리되자 연우는 난생처음으로 사업 계획서를 만들어 마래를 찾아갔다. 마래가 웃으며 말했다.

"지금 이 선택이 우리에게 어떤 결과를 가져올지 몰라요."

연우는 자신이 선택의 기회조차 없이 떠밀려가고 있다고 생각했는데 아니었다. 계속 갈지, 그만 갈지는 선택할 수 있었다. 이 선택으로 자신의 평행우주가 어떻게 나뉠지는 아직 알 수 없었다. 그 결과는 시간이 말해줄 것이며, 이 선택이 평행우주를 돌고 돌아 다시 찾아온다 해도 예전처럼 도망만 치진 않을 것이다.

두 사람은 뜻이 맞는 엔딩플래너들, 프로그램 개발자들과 함께 회사를 창업했다. 대중에게 익숙한 참 믿음직한 상조회사와 유사한 브랜드명으로 광고비를 절감하는 대신 직원들의 복지를 개선했다. 회원이 이동하면 그제야 목적지를 확인하고 따라가느라 발생하는 시간상의 편차와 원격 전송 시스템의 기술적인 문제점도 개선해나갔다. 연우는 차마 실업자가 된 삼촌을 외면하기 어려웠지만 마래가 족벌주의는 안 된다며 영입을 반대했다.

철영은 습관처럼 넓은 이마를 어루만지며 물었다.

"그런데 엔딩플래너가 뭔가요?"

"고객님, 혹시 웨딩플래너라고 들어보셨나요? 결혼식을 준비할 때 스튜디오, 드레스, 메이크업 등 주요 과정에서 각종 절차와 관리를 대행해주는 사람을 웨딩플래너라고 하는데요. 저희는 사랑하는 사람과 이별을 준비하는 분들을 대신하여 발품과 손품을 팔아드리고 있습니다."

"아."

철영의 입에서 짧은 감탄사가 흘러나왔다. 자신은 결혼식을 해본 적이 없어서 웨딩플래너라는 단어조차 생소했다. 하지만 장례식이라면 이미 세 번이나 치러본 경험이 있었다.

첫번째는 아버지의 죽음이었다.

대리운전을 하던 아버지는 교통사고로 사망했는데 가해 차량 운전자가 만취 상태였다. 그가 한순간 마음을 바꿔 대리운전 기사를 불렀더라면 아버지는 죽지 않았을 것이다.

두번째는 동생인 태영의 죽음이었다.

그때 고작 여덟 살이었던 철영이 할 수 있는 건 거의 없었다. 태영이 열경련을 일으켰을 때 온 동네를 돌아다니며 도움을 요청했지만 아무도 문을 열어주지 않았다. 철영이 거리를 방황하다 누군가의 손을 잡고 집으로 돌아왔을 때 이미 태영은 입을 벌린 채 천장을 바라보고 있었다. 같이 와준 어른이 급히 눈을 가렸지만 철영은 똑똑히 보았다. 태영의 입 주변에 핏물이 번져 있는 것을. 누런 장판 위에 핏자국이 선명했다.

세번째는 어머니의 죽음이었다.

철영이 대학을 졸업하고 중소기업에 입사한 그해, 어머니가 알츠하이머병이라는 걸 알게 되었다. 혼자 일상생활조차 할 수 없음은 물론이고 집을 나갔다가 찾아오지 못하는 일이 잦아지자 하는 수 없이 어머니를 요양원에 모셨다. 그리고 주말마다 찾아가 어머니를 돌보았다. 그렇게 십 년 넘게 요양원 생활을 이어오던 어머니는 지난달에 침대에서 떨어진 뒤 다시 일어나지 못했다.

이제 세상에는 오직 자신뿐이었다. 혼자 남겨졌다고 생각하니 제일 먼저 자신이 죽으면 누가 장례를 치러주고 사후 처리를 해줄 수 있을지 걱정이 되었다. 어머니 장례를 치르며 넋두리로 내뱉은 말이 누군가의 귀에 들어간 모양이었다. 며칠 후 철영은 참 정직한 상조회사로부터 연락을 받게 되었다.

"요즘은 혼자 사시는 분들이 많아 무빈소로 장례를 치르기도 합니다."

빈소를 차리지 않는다는 말에 철영은 한숨을 내쉬었다. 안도의 한숨이었다.

"몇 가지 옵션을 선택해주시면 되는데요. 기본적으로 사망신고는 물론이고 직장 동료와 친지들에게 부고 메일과 문자메시지를 발송해드리고 있습니다."

철영은 그 부분이 가장 마음에 들었다. 자신이 죽고 나면 누가 자신의 부고를 전하고 마지막 휴대폰 사용료와 관리비 납부를 해준단 말인가. 사회에 딱히 공헌한 건 없어도 남에게 피해는 주지 말자는 게 철영의 소신이었다. 자신 명의의 작은 아파트는 어렵게 생활하고 있는 모자가정에 기부하는 걸로 이미 마음을 정한 터였다.

계약서를 훑어보던 철영의 눈길이 마지막 항목에서 멈추었다.

"이 옵션은 뭔가요? 생전생애 체험?"

"저희 회사만의 특별 서비스입니다. 지금까지 살아온 삶을 다시 한번 돌아볼 수 있도록 도와드리고 있습니다."

"뭐, 죽기 전에 유언장을 써보거나 미리 관에 들어가보는 체험도 있다던데 그런 거라면 나는 관심 없습니다."

철영의 단호한 말투에 연우가 슬며시 웃었다.

"제 설명을 한번 들어보시죠. 그래서 엔딩플래너가 필요한 거니까요."

철영은 경계의 눈빛으로 연우를 바라보았다.

취업하고 첫 월급을 받던 날, 어떻게 알았는지 대학 선배가 철영을 찾아왔다. 자신은 보험회사에 들어갔다며 그동안 회사에서 교육받은 내용을 그대로 좔좔 외워댔다. 그러면서 내일 당장 죽을 수도 있다는 둥, 그러면 남은 가족은 어쩔 거냐는 둥 온갖 신파를 늘어놓았다. 안 그래도 어머니의 병이 막 발병한 터라 걱정이 많던 철영은 무리하게 보험에 가입했다. 그리고 지금까지 월급의 이십 퍼센트를 보험회사에 꼬박꼬박 갖다 바치고 있었다. 아파트 대출이자에 어머니 병원비까지 내고 나면 손에 남은 월급이라곤 쥐꼬리만 했다.

그렇게 선배는 보험회사에서 잘나가는 부장이 됐으면서도 어머니 장례식에 발길은커녕 조의금조차 보내지 않았다.

철영은 괘씸한 마음에 당장 보험을 해지하고 싶었으나 지금까지 부은 게 아까워 여전히 통장에서 쑥쑥 빠져나가는 보험금을 쓴입을 다시며 바라보고 있었다.

눈앞의 햇병아리 영업 사원도 비슷한 상황일지 모른다. 철영의 생각과 달리 연우는 경쾌한 목소리로 질문을 던졌다.

"고객님은 자신의 우주가 지금 여기 한 곳뿐이라고 생각하시나요?"

철영은 그가 무슨 말을 하는 건지 도통 알아들을 수 없었다.

"내가 인식하지 못하면 내 평행우주는 그저 가능한 상태로 존재하게 되는데요. 그러다 내가 선택하지 않은 세계가 있다는 걸 인식하고 그 세계를 떠올리는 순간 다른 평행우주에 진입할 수 있게 됩니다. 인식이 존재를 결정하는 거죠."

연우가 침착하게 말을 이었다.

"달리 표현하자면 연애와 비슷합니다. 세상에는 수없이 많은 사람이 있지만 내 연애 상대가 되지 않는 이상 나와 상관없는 세계에 사는 거니까요."

철영은 갑자기 피로가 몰려왔다. 빨리 이 자리를 벗어나야겠다는 생각이 들었다.

"그래서 이 옵션은 얼마입니까?"

"체험에 동의한다는 서명만 하시면 됩니다. 회사 설립 이벤트 기간이라 무료거든요. 저를 믿고 한번 해보시죠. 후회하지 않으실 겁니다."

보험회사에 다니던 선배도 그때 후회하지 않을 거라고, 아주 잘하는 선택이라고 했었다.

"까짓것 무료라니, 뭐."

철영은 후회할 줄 알면서 또 속아줬다. 자신이 처음 일을 시작했을 때를 떠올리며 신입에게 격려와 용기를 주고 싶다는 알량한 자비심 때문이었다.

바로 계약서에 서명하고 자리에서 일어났다. 급하게 일어나느라 잠깐 테이블을 붙들기는 했지만 컨디션이 나쁘지는 않았다.

"언제든 이 퀀텀폰으로 연락주세요."

세상에 공짜는 없는데……. 철영은 꺼림칙한 얼굴로 휴대폰을 받아들었다.

"박철영 회원님, 그러면 또 뵙겠습니다."

철영은 흔히 인사치레로 하는 말들을 싫어했다. 언제 밥 한번 먹지. 내가 술 한번 살게. 그런 말을 자주 하는 사람치고 먼저 연락하는 경우를 본 적이 없었다. 그래서 그런 말을 하지 않았다.

"다음에 또 보는 건 죽고 나서겠죠. 제가 죽은 뒤를 잘 부탁합니다."

철영은 서둘러 카페를 나왔다. 그때까지 연우는 의자에 앉아 멀어지는 철영의 뒷모습을 뚫어져라 바라보았다.

철영의 평행우주

철영은 걸음을 재촉해 아파트 단지로 들어섰다. 삼 년 전 도심 외곽의 아파트를 분양받았다. 처음으로 마련한 내 집이었다. 전철역과 한참 떨어져 있어 출근할 때는 마을버스를 타고 나가야 하지만 나름 조경으로 상까지 받은 아파트였다.

어머니의 장례를 치르고 나니 동안 완연한 봄이 되었다. 아카시아향이 은은하게 아파트 단지를 휘감았다. 가족이 산책을 나왔는지 유아차에 앉은 아기가 까르륵 웃는 소리에 철영의 얼굴에 미소가 번졌다.

철영은 상가 편의점에서 캔맥주를 샀다. 맥주가 든 비닐봉지를 들고 편의점 앞에 마련된 테이블에 앉았다. 막 캔을 따려고 할 때 테이블 위에 둔 퀀텀폰 화면이 밝아졌다.

박철영 회원님, 생전생애 체험 준비가 완료되었습니다. 체험을 시작하시겠습니까?

철영은 잠시 망설이다 '예' 버튼을 눌렀다. 그 순간 눈앞이 흐릿해지는 듯한 느낌을 받았지만 어머니의 장례를 치르느라 피곤한 탓이라고 여겼다. 철영은 주섬주섬 맥주캔을 다시 비닐봉지에 넣고 자리에서 일어나 아파트로 향했다. 고소공포증이 심해 엘리베이터는 이용하지 않았다. 거친 숨을 헐떡거리며 육층까지 올라가 집 앞에 섰을 때 뭔가 이상하다는 걸 깨달았다.

현관문 앞에 '쉿! 아기가 자고 있어요'라고 적힌 스티커가 붙어 있었다. 철영은 다시 한번 아파트 호수를 확인했다.

"603호 맞는데······."

종종걸음으로 계단을 내려가서 창문을 통해 동까지 확인했다.

현관문 비밀번호를 누르자 철컥하고 문이 열렸다. 그럼 그렇지, 누군가 장난으로 스티커를 붙인 모양이었다. 철영이 피식 웃으며 집안으로 들어섰다.

순간 철영은 주춤 뒷걸음쳤다. 현관문 앞에 유아차가 놓여 있었고 입구부터 베이비파우더 냄새가 진동했다. 텔레비전은 눈에 익었지만 그 외에는 다 처음 보는 것들이었다.

누군가 방문을 열고 나왔다.

"빨리 좀 오지. 나 혼자 힘들어 죽는 줄 알았네. 채원이가 계속 칭얼거려서 재우느라 진이 다 빠졌다니까."

"누, 누구세요?"

"아유, 얼른 들어와 설거지 좀 해. 이제 나도 좀 쉬게."

"여긴 내 집인데……."

"참, 인간이 어쩜 그래. 지금까지 어디 갔다 왔어? 내가 그렇게 힘들다고, 산후우울증까지 왔다고 해도 당신은 관심조차 없잖아."

그러고 보니 얼굴이 낯익었다. 어머니가 요양원에 계실 때 옆 침대 간병인 아주머니의 조카를 소개받은 적이 있었다. 백화점에서 여성의류를 판매한다는 여자도 마흔이 다 되도록 싱글이었다. 세 번까지 만나다 여자가 자신을 마음에 들어 하지 않는 것 같아 연락하지 않았다. 그때 거의 한 달을 심각하게 고민했었다. 계속 연락할 것인가, 말 것인가…….

방안에서 아기 울음소리가 들렸다. 여자가 철영을 획 흘겨보고는 힘없이 방으로 들어갔다. 믿을 수가 없었다. 자신이 결혼했으며 아이까지 낳았다는 걸. 다 꿈만 같았다.

철영은 그 길로 후다닥 계단을 내려와 건물 밖으로 뛰어나왔다. 얼른 잠이 깨야 하는데…….

아파트 단지를 몇 바퀴나 돌고 나서 다시 계단을 올라갔다. 땀이 이마를 타고 줄줄 흘러내리고 숨이 턱까지 차올랐다. 다행히 현관문에 붙어 있던 스티커는 없었다. 그제야 한숨을 내쉬며 비밀번호를 눌렀다. 그런데 몇 번을 눌러도 문이 열리지 않았다. 다섯 번쯤 눌렀을 때 중학생쯤 돼 보이는 아이가 빼꼼 문을 열었다.

"누구세요?"

"아, 죄송합니다. 집을 잘못 찾아왔네요. 잠깐, 여기 301동 603호 아닌가요?"

"맞는데요."

"어, 그럼 우리 집 맞는데……."

"아닌데요."

그러고는 현관문을 탁 닫아버렸다.

철영은 어안이 벙벙한 얼굴로 계단을 걸어내려왔다. 두 번이나 오르내렸더니 다리가 후들거려 이제 한 걸음도 더 내딛기 힘들었다. 꿈이 아닌 건 분명했다. 살을 얼마나 꼬집었는지 손등에 시퍼렇게 멍이 들어 있었다.

'뭐야, 내가 죽었나? 그 사이에 귀신이라도 된 건가?'

그러다가 불현듯 지갑 속의 명함이 떠올랐다.

엔딩플래너, 박연우.

그가 평행우주가 두 개니 네 개니, 인식이 존재를 결정하니 마니 했던 말이 떠올랐다. 철영은 연우가 준 퀀텀폰으로 명함에 적힌 번호를 눌렀다.

신호만 울릴 뿐 받지 않았다. 태영은 비닐봉지에서 캔맥주를 꺼내 벌컥벌컥 들이켰다. 그러고 나니 조금 정신이 들었다.

"가만있어 보자. 그때 전화를 했었다면 지금쯤 애 아빠라는 말인데……."

자신이 조금만 더 적극적으로 다가갔더라면 상황이 완전히 달라졌을 거라 생각하니 기분이 묘했다. 목구멍에서 그저 헛웃음만 흘러나왔다. 문득 연우가 했던 말이 떠올랐다.

'내가 인식하지 못하면 내 평행우주는 그저 가능한 상태로 존재하게 되는데요. 그러다 내가 선택하지 않은 세계가 있다는 걸 인식하고 그 세계를 떠올리는 순간 다른 평행우주에 진입할 수 있게 됩니다.'

도무지 알아들을 수 없는 과학 이론을 진지하게 늘어놓는 청년이 어쩐지 딱하기도 해 서둘러 서명을 하고 자리에서 일어났었다.

'내가 선택하지 않은 세계를 떠올리기만 하면 그곳으로

가볼 수 있다는 건가?'

막 직장에 들어간 뒤 대학 선배에게 보험을 들었던 그날, 보험 계약서에 서명만 하지 않았어도 몇 년째 옷도 못 사 입고 외식 한번 못 해보며 이렇게 구질구질하게 살지는 않았을 것이다. 철영은 휴대폰에서 선배의 전화번호를 찾았다. 그리고 선배가 다니는 보험회사를 떠올렸다.

철영이 보험을 들지 않았더라도 선배가 못 나갈 일은 없었다. 그는 여전히 보험회사에서 잘나가는 부장이었다. 오히려 철영을 보자마자 이젠 백 세 시대라 보험은 있어야 한다며 또 다른 계약서를 내밀었다.

철영도 학창시절에는 나름 잘나갔다. 특히 고등학생 때는 선생님들의 기대를 한몸에 받았고, 성격 좋고 똑똑한 여자친구도 있었다.

"진주, 이진주……."

오랫동안 잊고 지낸 첫사랑, 진주의 이름을 나직이 중얼거렸다. 그녀를 잊은 적이 없다는 걸 깨달았다. 철영은 자신이 다녔던 고등학교 쪽으로 발걸음을 옮겼다.

건물 외관은 이십 년 전과 다를 게 없었다. 학생들이 입은 교복조차 그 시절과 똑같았다. 그때 그 시간과 공간이 박제된 채 눈앞에 펼쳐진 것만 같았다.

다부진 입매로 눈웃음을 짓던 진주의 말간 얼굴. 서투르기만 했던 첫 키스. 시장에서 국밥집을 하는 진주 부모님이 안 계신 틈을 타 몰래 나누었던 첫 경험…….

철영은 진주를 품에 안고 있으면 이렇게 행복해도 되는지 겁이 났다. 동생이 자신의 눈앞에서 죽어가는 동안 아무것도 해줄 수 없었던 기억이 머릿속을 맴돌았다. 잊으려 하면 할수록, 외면하려 하면 할수록 죄책감이 그 자리에 똬리를 틀었다.

하지만 진주와 함께하는 순간만큼은 아무 생각도 나지 않았다. 오직 진주의 따뜻한 숨결과 부드러운 촉감, 기분 좋게 울려퍼지는 목소리만이 철영의 머릿속을 가득 채웠다. 진주만 곁에 있어 준다면 자신이 겪은 그 모든 불행을 얼마든지 견뎌낼 수 있을 것 같았다.

고등학교 3학년 학기초에 진주가 임신했다는 걸 알았다. 학교에는 소문이 나지 않도록 조심했지만 진주가 산부인과에 들어가는 걸 같은 반 아이가 보고 말았다. 부모님들은 불같이 화를 내며 철영과 진주를 책망했지만 두 사람은 담담했다. 아이를 낳기로 결심했다.

철영의 어머니가 극구 반대했다. 가족이라고는 철영 하나뿐인데, 아들이 대학에 가고 번듯한 직장에 다니는 건 보고 죽어야 하지 않겠느냐며 고집을 부렸다. 진주 부모님도 아직 어린 나이에 애만 바라보며 살 거냐고 두 사람을 말렸다.

그때 철영과 진주는 몇 날 며칠을 고민했다. 아이를 낳을 것인가, 말 것인가…….

새로운 시작

"회원님, 연락하셨습니까? 죄송합니다. 제가 잠시 자리를 비웠네요."

"네, 제가 전화했습니다."

철영은 연우의 목소리가 이렇게 반가울 수가 없었다.

"많이 당황하셨죠? 아까 좀더 설명해드리고 싶었는데 회원님이 바쁘신 것 같아 자세히 말씀드리지 못했습니다. 지금 계신 곳이 세영 고등학교 앞이죠?"

"네, 맞습니다."

철영은 연우가 주고 간 퀀텀폰인가 뭔가를 내려다보았다. 위치 추적까지 되는 건가?

"제가 지금 그리로 가겠습니다. 잠시만 기다려주십시오."

그 말을 듣는 순간 철영은 다리에 힘이 풀려 하마터면 주저앉을 뻔했다. 이제 다시 집으로 돌아갈 수 있다고 생각하니 눈물까지 나려고 했다.

연우는 채 오분도 되지 않아 눈앞에 나타났다. 처음 만났을 때는 정장 차림이었는데, 지금은 줄무늬 티셔츠에 청바지를 입고 있어서인지 훨씬 어려 보였다.

"회원님, 오래 기다리셨나요?"

활짝 웃으며 달려오는 연우를 바라보며 철영은 묘한 감정에 사로잡혔다. 흔히 하는 말로 고등학교 때 사고 친 아이가 태어났더라면 지금 연우 나이쯤 되었을 것이다.

"이 우주로 오시면 좋겠다고 생각하긴 했지만 진짜 오실 줄은……."

"아니, 내가 여기로 올 줄 알았다는 말입니까?"

"저희 집이 이 근처인데 가서 차라도 한잔하시죠."

연우를 따라 들어간 집은 오래된 다세대주택 반지하방이었다. 햇볕이 잘 들지 않아서 벽지에 군데군데 곰팡이가 피었고 퀴퀴한 냄새도 났다.

연우가 소파를 가리키며 말했다.

"저기 앉아 계세요. 금방 커피 타올게요. 커피믹스에 설탕 두 스푼 추가할까요?"

철영이 놀란 눈으로 연우를 바라보았다. 그러자 연우가 눈이 보이지 않을 정도로 활짝 웃었다.

연우가 커피를 준비하는 동안 철영은 소파에 앉아 집안을 둘러보았다. 자신이 어린시절에 살았던 집과 비슷했다. 한낮인데 형광등을 켜도 어둡고 보일러를 틀어도 이가 딱딱 부딪힐 만큼 춥던 예전 집이 떠오르자 괜히 코끝이 시큰거렸다. 어머니가 돌아가시고 세상에 홀로 남겨진 것 같아 요즘 부쩍 눈물이 많아졌다.

"가족은요?"

"부모님은 이혼하셨고, 아빠랑 같이 살았는데 작년에 건설 현장에서 사고로 돌아가셨어요."

"이런. 어린 나이에 고생이 많았겠네요."

철영은 안타까운 마음에 쯧쯧 혀를 찼다.

연우가 커피잔을 양손으로 감싸들고 내밀었다. 철영이 잔을 받아들며 물었다.

"근데 내가 이 우주로 올 줄 알았다는 게 무슨 말입니까?"

"저희 부모님은 열아홉 살에 저를 낳으셨거든요. 그때 아이를 낳을지 말지 고민하셨을 거예요."

불현듯 철영은 재작년에 있었던 기이한 일을 떠올렸다. 그날은 일요일이라 요양원에 계신 어머니를 뵙고 돌아와서 만날 그렇듯 소파에 누워 텔레비전을 보고 있었다. 그때 갑자기 흐느끼는 소리가 들려와 고개를 돌렸는데 거실 한쪽에 젊은 남자가 서 있었다. 남자는 자신을 아빠라고 불렀다. 이 남자는 누구인지, 어떻게 자신의 집으로 들어왔는지, 왜 자신을 자꾸 아빠라고 하는지 당황스럽다 못해 두려웠다.

철영은 빠르게 주변을 둘러보았다. 거실의 조명스탠드가 눈에 들어오자 바로 전선을 뽑아 손에 쥐었다. 그러자 남자의 눈빛이 놀람과 슬픔으로 물들었다. 남자는 떨리는 목소리로 사과를 하고는 곧바로 집밖으로 나갔다.

그날 이후 철영은 종종 그 일을 떠올렸다. 처음에는 그저 무섭기만 했는데 시간이 지날수록 그 남자가 낯설지 않게 느껴졌다.

정수리에서 나기 시작한 땀이 철영의 얼굴로 줄줄 흘러내렸다. 그러고 보니 눈앞에 서 있는 청년의 눈매며 말려올라간 입꼬리가 묘하게 친숙했다. 열아홉 살 진주를 꼭 빼닮은 얼굴이었다.

"회원님, 그때 아이를 낳았더라면 어땠을지 생각해보신 적이 있나요?"

"아, 네……."

철영은 차마 입이 떨어지지 않았다.

"그때 난 누군가를 책임진다는 게 무서웠어요. 평생 나를 키우며 고생하신 어머니 말씀을 거역할 수도 없었고요. 세상 빛 한번 보지 못하고 떠나보낸 아이를 생각하면…… 너무 미안하죠."

"저희 아버지도 미안하다는 말을 입에 달고 사셨어요. 제가 어릴 땐 '서툴러서 미안하다', 초등학생 땐 '혼자 있게 해서 미안하다', 제가 고등학생이 되었을 때는 '능력이 부족해서, 해줄 수 있는 게 이거밖에 없어서 미안하다'고 하셨죠."

눈앞에 있는 철영은 연우의 아버지인 동시에 아버지가 아니었다. 두 사람에게는 함께한 시간이나 공유할 수 있는 추억 같은 게 전혀 없었다. 그런데도 찾아온 건…….

연우는 엔딩플래너로 일하면서 내내 궁금했다. 왜 사람들은 비싼 비용을 지불하면서까지 다른 선택을 한 우주에 가보고 싶어하는 걸까? 그곳에 가본다 한들 거기서 계속 살 수 있는 것도 아닌데 굳이 왜 가려고 할까?

이제야 알게 되었다. 다시는 만날 수 없고 손을 잡아볼 수도 없는 사람이 그리워서라는 걸. 전혀 다른 사람이라는 걸 알면서도 그저 말 한마디 건네고 싶어서라는 걸.

"보고 싶었어요."

연우가 조용히 중얼거렸다. 눈은 웃고 있었지만 뺨을 타고 흐르는 눈물은 숨길 수 없었다. 그런 연우의 곁으로 철영이

다가왔다.

"한 번만 안아봐도 될까요?"

연우는 가만히 고개를 끄덕이는 것으로 대답을 대신했다.

철영은 연우를 품에 꼭 끌어안았다. 자신도 어린 나이에 아버지를 잃었기에 그리움을 견디지 못하고 찾아온 연우의 마음을 누구보다 잘 알 것 같았다. 한편으로 자신과는 다른 선택을 한 다른 우주의 자신에게 진심으로 고마웠다.

"아버님은 그때 아이를 낳은 걸 세상에서 가장 잘한 일이라고 생각하셨을 겁니다. 그건 말하지 않아도 알 수 있어요. 그럼 알 수 있고말고요."

연우는 철영을 그가 사는 아파트 단지까지 배웅했다. 화단에 노란색 프리지어가 무리 지어 피어 있었다.

철영은 아쉬운 듯 몇 번이나 연우의 얼굴을 올려다보았다. 보면 볼수록 잘 자란 연우가 그렇게 대견할 수가 없었다.

"우리 또 봅시다. 꼭 다시 만납시다!"

철영은 흔하디흔한 인사말일지라도 몇 번이고 반복했다.

"태영 삼촌이 그러는데, 이 우주에서 할머니가 요양원에 계실 때 찾아가 뵌 적이 있대요. 삼촌이 살아 있는 우주가 있다는 걸 알고 할머니는 이제 죽어도 여한이 없다고 하셨대요. 그냥 아셔야 할 것 같아서요."

"그래, 그랬구나. 우리 태영이가 살아 있었구나."

철영은 그 자리에 서서 한참 고개를 주억거리다 발걸음을 옮겼다.

연우는 아버지의 뒷모습이 보이지 않을 때까지 눈으로 좇았다. 그러고는 퀀텀폰 화면에 있는 원격 전송 버튼을 눌렀다.

작가의 말

꿈을 이루기 위해 젊음과 열정, 꺾이지 않는 마음으로 버티던 때가 있었다. 하지만 같은 길을 걷던 친구가 세상을 떠났을 때 나는 무엇을 위해 사회가 요구하는 대로 최선을 다했는지 망연자실했다.

　그가 앞으로 뭘 해야 할지 모르겠다고 했을 때 왜 이 말을 하지 않았을까? 너는 이미 잘하고 있으며 앞으로 또 다른 기회들이 있을 거라고 흔하디흔한 말이라도 했어야 했다. 그렇게 나는 다시 오지 않는 기회를 놓쳐버렸다.

　여전히 청년들이 죽어간다. 그저 꿈을 꿨을 뿐인데, 자신이 맡은 일을 열심히 했을 뿐인데 말이다. 일을 잘하고 꿈을 이루는 것보다 나를 돌보고 지키는 게 훨씬 중요하다고 수없이 되뇐다. 그런데도 종종 후회와 미련이 남은 선택 앞에서

나 자신을 지키기 힘든 순간들이 있다.

그때마다 세상을 조금이라도 낫게 만들려고 애쓰는 사람들의 목소리에 귀를 기울인다. 내 고민을 들어주고 기꺼이 자신의 경험을 나눠주는 친구들, 선후배들, 그리고 가족들을 찾아간다. 그들 덕분에 이 우주의 나는 가까스로 살아 있다.

눈 쌓인 비탈길 앞에서 주저하고 있는 내게 손을 내밀어줬던 진형석 님을 기억한다. 그는 내가 아는 가장 재능 있는 성우였으며 다정한 동생이자 소중한 친구였다.

아낌없이 법률 조언을 해주고 유사한 사례들을 찾아준 김예나린 님에게 큰 도움을 받았다.

작품이 길을 잃지 않도록 방향을 잡아주고 세심하게 문장을 다듬어준 한수림 님과 최고라 님께 많이 배웠다.

사투리 교정을 도와주고 한결같이 사랑을 준 전연옥 님과 김덕기 님 덕분에 세상 속에서 중심을 잃지 않을 수 있었다.

이 책을 읽고 계신 당신께도 깊은 감사를 드린다.

김아영 장편소설

512번째 우주

ⓒ 김아영

초판 인쇄	2024년 5월 22일
초판 발행	2024년 6월 4일

지은이	김아영
펴낸이	지영주
편 집	한수림 최고라
표지 디자인	퍼머넌트 잉크
본문 디자인	데시그
마케팅	최기현
경영 지원	정의정 신세련

펴낸 곳	㈜자이언트북스
출판 등록	2019년 5월 10일 제2019-000085호
주소	경기도 고양시 덕양구 덕은1로 5 2층
전화	070-7770-8838
팩스	02-516-5320
홈페이지	www.giantbooks.co.kr
전자우편	books@giantbooks.co.kr
인스타그램	https://www.instagram.com/giantbooks_official/

ISBN	979-11-91824-41-4 (03810)